The Birds of
Shakespeare

莎士比亚风物三部曲

主编　薛晓源

莎士比亚的鸟

〔英〕阿奇博尔德·盖基　著

李素杰　译

胡运彪　审校

The Birds of Shakespeare

商务印书馆
The Commercial Press

2017年·北京

图书在版编目(CIP)数据

莎士比亚的鸟/(英)阿奇博尔德·盖基著;李素杰译.—北京:商务印书馆,2017
(莎士比亚风物三部曲)
ISBN 978-7-100-13063-9

Ⅰ.①莎…　Ⅱ.①阿…②李…　Ⅲ.①莎士比亚(Shakespeare,William1564—1616)—戏剧文学—文学研究　Ⅳ.①I561.073

中国版本图书馆 CIP 数据核字(2017)第 057467 号

权利保留,侵权必究。

莎士比亚的鸟

〔英〕阿奇博尔德·盖基　著　李素杰　译

商务印书馆出版
(北京王府井大街 36 号　邮政编码 100710)
商务印书馆发行
北京新华印刷有限公司印刷
ISBN 978-7-100-13063-9

2017 年 6 月第 1 版　　　开本 880×1240　1/32
2017 年 6 月北京第 1 次印刷　印张 6¾

定价:42.00 元

目录

前言 / 001

莎士比亚的鸟 / 005

乔叟 / 007

莎士比亚的爱 / 011

莎翁笔下的鸟类家族 / 033

鹰 / 037

鹰隼与鹰猎 / 045

鸢 / 053

鸢/鹞鹰 / 055

鹗 / 061

秃鹫 / 063

鹦鹉和鸵鸟 / 066

鸬鹚、鹈鹕与潜鸟 / 071

猫头鹰 / 077

杜鹃/布谷鸟 / 085

丘鹬 / 088

雉/野鸡 / 092

山鹑 / 094

鹬 / 097

鹌鹑 / 098

麦鸡 / 101

野鸭/绿头鸭 / 103

小鹏鹏 / 107

乌鸦 / 109

红嘴山鸦 / 117

椋鸟 / 122

寒鸦 / 124

The Birds of Shakespeare

喜鹊 / 127

松鸦 / 128

农家庭院里的鸟 / 131

天鹅 / 136

雄火鸡 / 141

孔雀 / 145

斑鸠和鸽子 / 147

云雀/百灵鸟 / 153

乌鸫/黑鸫 / 160

歌鸫/歌鸠 / 162

鹪鹩 / 163

鹊鸽 / 167

鸱 / 169

欧亚鸲/知更鸟 / 170

篱雀 / 172

雀科小鸟 / 173

家麻雀 / 175

燕子 / 177

家燕/欧洲燕 / 181

夜莺 / 183

发展中的英诗鸟情结 / 190

译后记 / 198

前言

细心的读者一定会注意到,在莎士比亚的诗歌和戏剧里,鸟的出现频率极高。它们不仅仅是一群出色的歌手,用婉转曼妙的歌声给田野和森林带来生机,而且是独立的生灵,每一种都拥有与众不同的特点。无论在范围上还是种类上,莎士比亚所描绘的鸟类集锦都无人能比,在任何一个伟大的诗人那里都难以找到可与之媲美的内容。他充分运用自己在生活中观察到的鸟在自然栖息地的情况,结合从文学作品、民间传说、迷信故事里了解到的内容,以惊人而巧妙的比喻方式,为我们呈现了一幕幕生动的人类生活的伟大戏剧。如果就这一点将他和身前身后的诗人加以比较,我们会发现,莎士比亚独领风骚,超越了所有人,足可谓前无古人,后无来者。

眼前的这本小书是作为黑斯尔米尔自然史协会的主席致辞而写的,在今年的3月9日对协会成员宣读。莎士比亚逝世三百周年的临近令人们重又燃起对诗人和他的作品的热情，因此，对我来说，让博物学家们研究一下这位空前绝后的诗人是如何描画他们兴趣所在的学科中的一个分支，这应该算不上非分的要求。就在发言稿快要写完的时候，我偶然发现了一本精彩绝伦的奇书——《莎士比亚鸟类学》(*The Ornithology of Shakespeare*)，作者是詹姆斯·哈丁（James Harting），出版于1871年。这是我第一次听说这本书。如果再早一点知道它，我一定会想办法弄到一本。浏览之后，我发现有几处引用是我在阅览莎士比亚的诗歌和戏剧时没有注意到的。不过，我的写作目的和那位作家略有不同。我是从文学的角度，而不是科学的角度来探讨这一话题的。我希望向读者说明的是，莎翁对鸟和鸟的音乐的喜爱丝毫不亚于乔叟以及更早的诗人。同时，我还要指出莎翁对鸟的了解程度如何之细致精到，以及他从鸟类世界获得的相关比喻如何广泛地充实了我们的文学，使其大放异彩。此外，我还以上世纪三位伟大诗人的三首描写鸟的诗歌为例，尝试探讨了莎士比亚之后英国诗歌中关于自然的诗歌意趣的变迁。

我的所有引文均来自 W. 阿尔迪斯·莱特（W. Aldis Wright）主编的《剑桥莎士比亚》(*The Cambridge Shakespeare*)。我要感谢格尼（Gurney）和杰克逊（Jackson）先生，他们为我提供了从我已故的好友霍华德·桑德斯（Howard Saunders）先生所著《英国鸟类手稿》(*Manual of British Birds*) 里选取的插图的铅版[*]。那是一本非常有用

---

[*] 为更为生动地展示莎士比亚作品所涉及的鸟类的多姿多彩，本中译本未采用原书中的铅版插图，而是采用了约翰·古尔德等人绘制的鸟类科学绘画作品。——编者注

的书，其中的插图不仅逼真，而且艺术性极高。

以最谦恭之心，值此三百周年纪念之际，谨将拙作献于"埃文河畔甜美的天鹅"的圣坛之下。

牧羊人镇下城

黑斯尔米尔

1916年8月1日

莎士比亚的鸟

乔叟[①]

——英诗中爱鸟传统的先锋

  从人类诞生至今，没有哪一个动物家族能够像空中的鸟儿那样激起人们心灵的共鸣。它们求偶、搭巢、无微不至地关心下一代，它们春天飞来、秋天飞去，它们有千徊百啭的歌喉和各不相同的习性，这些总能让人联想到人的本性，也因此吸引了无数人的关注，包括那些最不善于观察的人。这种吸引力直击人类诗性的本能，在每个时代、每种语言里都呼唤出发自内心的认同。在我们自己的文学中，这种认同尤其深刻丰富。乔叟这位杰出的英国诗歌之父就击奏出歌颂大自然最为热烈的乐章，这乐章一直回荡在我们中间，其情其感不断加强，不断升华。用他自己的话说，"大自然这位万能的主的牧师"为他的灵魂注满了对外部世界那无穷无尽的美与魅力的喜爱、愉悦和深沉的敬畏。这种喜悦就包括对鸟的生命的热切赞美，

[①] 标题为译者所拟，下同。——译者注

这在他所有的诗歌里都有所表现。虽然语言简单朴实，情感却热烈奔放。毫无疑问，乔叟是个书呆子，大部分时间都沉醉于对他喜爱的作家的阅读和沉思之中。但是，正如他自己承认的那样，也有这样的时候，那开放的田野会更让他心驰神往，因为那里有变化无穷的景色和声音，特别是那些生机勃勃的动植物。他这样写道：

> 我喜爱书本，
>
> 打心底里尊敬它们，
>
> 我捧着一本书就万事如意，
>
> 任何娱乐都不容易把我调开，
>
> 除非是吉庆佳节，
>
> 或是在五月的风光明媚之中，
>
> 我听见了小鸟歌唱，
>
> 看见了花苞开始发放，
>
> 那我就要向书本告辞！①

在他对春夏美景的生动描写中，鸟儿的欢歌总是最突出的特征。因此，在他那部著名的《坎特伯雷故事集》(The Canterbury Tales)的开篇，他写到，只要一想到四月，想到它那甜美的甘霖和"山林莽

---

① 《善良女子殉情记》（另译《贤妇传说》）的序曲，第30行（方重译）。后来他又宣布："对于我来说，/鸟的歌声远比酒肉或任何其他东西／更为美妙，更令人愉悦。"《花与叶》，第118行（译者译）。

原"遍地的嫩条新芽,他就会想到小鸟们如何

> 唱起曲调,通宵睁开睡眼,
> 是自然拨弄着它们的心弦。①

他的诗作《众鸟之会》(The Parlement of Foules)描绘了各种各样的鸟从四面八方成群结队地飞来,寻觅自己的伴侣。当乔叟如数家珍般描写这些我们熟悉的鸟时,他在每一种鸟的名字后面都加上了一个修饰语,来表达常人对它们的认识。诗的背景设在一座花园,在那里

> 每一枝头都有鸟儿在歌唱,
> 宛然天使般的奇曲妙音。②

在那首充满奇思谐趣的《布谷鸟与夜莺》(The Cuckow and the Nightingale)中,乔叟又一次把我们带进密林深处,去聆听这两位夏天使者的对话。关于夜莺,他在《花与叶》(The Flower and the Leaf)里有充满爱意的描述。在诗中,我们看到一片长满橡树的林地,橡树的新叶

---

① 序曲,第9行(方重译)。
② 《众鸟之会》,第190行(方重译)。

> 长满枝丫，
>
> 有的微红，有的淡绿。
>
> 色彩斑斓的小鸟——那些春的伙伴，
>
> 在枝条间跳跃，歌声不断，
>
> 眼睛和耳朵都沉浸于欢享——
>
> 迷人的音乐，美妙的景象。
>
> 让我心旌摇荡的最属那夜莺，
>
> 屏息凝神听这林中女王的歌鸣；
>
> 只要听到她那天籁般的妙音，
>
> 无需再另觅春的音信。[①]

这种对鸟的歌声的欣悦——它在《坎特伯雷故事集》作者的所有诗作里都占据重要地位——在其后的英国诗歌里得到了继承。然而，到了伊丽莎白时期，随着一种更富观察力和思考力的习惯的养成，它得到了进一步扩大和丰富。人类心灵在面对大自然那变化万千的美时所表现出的自然洋溢、难以抑制的欣喜，特别是对田间、林中鸟的音乐的喜爱，在莎士比亚的作品中和在乔叟的作品中一样突出；但在莎士比亚的作品中，这种喜悦增加了更多的思想性和反省性。对各种样态的生命的欣赏变得更为亲切，更富同情，也更加密切地与人类的体验联系起来。

---

① 《花与叶》，第34行（译者译）。即便这首诗被认为不是出自乔叟之笔，它至少可以表明，乔叟并非唯一一个在大清早就满怀激情地前去观鸟、听鸟的人。

莎士比亚的爱：

鸟—大自然—一切生命体

莎士比亚很幸运，他出生在英格兰最美丽、景色最富变化的地区之一。那里有一片片的田野和花园，还有一望无际的林地和荒野，有身材强壮的耕夫和心地淳良的农民。大自然在他的周围毫无保留地展示自己的面庞，他早期的诗歌更是印证了他宽广的视野和敏锐的观察力：田野与森林、野兽与鸟禽，无不进入他的观察视线。他熟谙法律，其范围之广、知识之准确被认为足以证明他曾经接受过某种法律训练。还有更为有力的证据表明，他对自然史所涉及的事物的了解不会是从书里得到的二手信息，而一定是他亲自观察得到的。他在沃里克郡所度过的青少年时光足以提供给他丰富的机会获得并滋养这些知识。我们同样不要忘记，伦敦这座他度过了叱咤风云的中年时光的城市那时还不过是一座小镇。从伦敦任何地方都可以轻松步行到开阔的乡下。拥有丰富的动物物种的石楠荒原和林地一直蔓延到伦敦的周边。因此，即使在他繁忙的戏剧生涯的巅峰时刻，我们的剧作家也可以在任何休息间隙，重温他所深爱的大自然的面庞。

仔细研究就会发现，莎士比亚的戏剧为我们提供了不少关于他早年对自然史事物有过观察的例证。譬如，他让培尼狄克（Benedick）宣称，克劳迪奥（Claudio）

> 犯了一个小学生的过失，因为发现了一个鸟巢，高兴非常，指点给他的同伴看见，让他的同伴把它偷去了。①

或许他记得在斯特拉福德的文法学校里，男孩子们中间经常发生这类事情。无论怎样，我们完全可以从下面这段来推断，他曾亲身体验过掏鸟窝时的紧张兴奋：

> 那无知无识的畜类都还懂得饲养它们的后代；
> 虽然它们看到人脸觉得可怕，
> 可是如果有人掏它们的窝巢，
> 它们为了保护幼雏，
> 就不再举翼惊飞，
> 而用它们的翅膀来对人搏斗，

---

① 《无事生非》，第二幕，第一场，第197行（朱生豪译）。（此处译文在朱生豪译文基础上，把"一窠小鸟"改为"一个鸟巢"，原文为"a bird's nest"。——译者注）

甚至牺牲生命也在所不惜。①

与他对野外生活的热爱相吻合，这位未来的剧作家会成为一名冒险家是合情合理甚至不可避免的。没有什么理由可以怀疑那个流传甚广的说法的真实性，那就是在他的少年时代，他曾经和斯特拉福德的伙伴们一起偷猎托马斯·露西（Thomas Lucy）爵士在查理科特庄园的麋鹿。当他写下下面的诗行的时候，我们可以想象，他在心里想着的正是自己那些充满刺激的恶作剧：

嘿！你不是常常射中了一头母鹿，
当着看守人的面前把她捉了去吗？②

莎士比亚的诗歌和戏剧作品都表明，他熟谙当时所有风行的捕鸟技术，无论是活的还是死的：如何用粘鸟胶捕捉小型鸟，如何布设陷阱或捕鸟夹，如何用捕鸟罗网，如何用关在笼子里的鸟或画得鲜艳漂亮的水果、花朵做诱饵，以及如何使用普通的射击工具，比如鸟枪、弓箭、十字弓、弩箭等等。更为突出的是，他似乎还掌握了当时极为流行的驯鹰术的全套技艺，因为他的作品里随处可见这一技术的专业词汇。从诗人对各种捕鸟方法的引用频率和细节来看，他不会是在纸上谈兵，而一定是来自实践经验。他很喜欢用这些关

---

① 《亨利六世下篇》，第二幕，第二场，第26行（章益译）。
② 《泰特斯·安德洛尼克斯》，第二幕，第一场，第93行（朱生豪译）。

于捕鸟的术语来展示人的工于心计、阴谋狡诈，并暗指他的同胞。很可惜，这些捕鸟技术很多都已经失传，现代读者恐怕会觉得奇怪，为什么莎士比亚的作品中会如此频繁地出现关于它们的引用，也不会了解这些引用对于伊丽莎白时期的读者会是多么有趣。我们可以举几个例子。当麦克德夫（Macduff）夫人担心幼子的未来，却全然不知可怕的命运已经向他逼近时，她对儿子说：

> 可怜的鸟儿！你从来不怕有人张起网儿、布下陷阱，
> 捉了你去哩。①

同样，当萨福克（Suffolk）公爵把他所设下的对付葛罗斯特（Gloucester）公爵夫人的圈套告知亨利六世的王后时，他也使用了捕鸟人的语言：

> 娘娘，我已经亲自替她安排了陷阱，
> 并且放了一群鸟儿做饵，
> 勾引她飞落下来听那些鸟儿唱歌，
> 等她落了下来，她就再也飞不出去，再也不能惹您生
> 　气了。②

在《哈姆莱特》中，国王因受自己罪恶的煎熬，痛声疾呼道：

---

① 《麦克白》，第四幕，第二场，第34行（朱生豪译）。
② 《亨利六世中篇》，第一幕，第三场，第86行（章益译）。

> 啊，不幸的处境！啊，像死亡一样黑暗的心胸！
> 啊，越是挣扎，越是不能脱身的
> 胶住了的灵魂！①

原本属于死里逃生的鸟儿的体验也被诗人转化成了人类心灵的感受。国王亨利六世就如此哀叹自己的命运：

> 在矮树丛里上过圈套的鸟儿，
> 见到矮树丛就发抖。
> 我这只老鸟，
> 有过一个小宝贝上过圈套，被人家捉去弄死，
> 现在又看见那个圈套放在我的面前了。②

另一方面，那纯洁如雪、毫不设防的心灵则被比喻成一只从未领教过捕鸟人的凶险狡诈的鸟：

> 纯净无瑕的心灵，难得做一场噩梦，
> 没上过当的鸟雀，不惧怕诡秘的幽林。③

---

① 《哈姆莱特》，第三幕，第三场，第67行（朱生豪译）。
② 《亨利六世下篇》，第五幕，第六场，第13行（章益译）。
③ 《鲁克丽丝受辱记》，第87行（杨德豫译）。

我们发现，诗人还提到"可怜的鸟，看见了画的葡萄，以假为真"，以及"如同那鸟，瞅着水果，却可望而不可近"。①读到下面的感叹，我们仿佛身临其境，感同身受：

你曾见过小鸟落了网罗，无法能逃脱？②

同样的效果也出现在对鲁克丽丝的描述中：

她躺在那儿颤栗，像刚被杀伤的小鸟。③

不过，莎士比亚引用最多的捕鸟术语还是来自驯鹰术。我在后面讨论他对鹰和鹰猎的描述时会引用一些这类例子。诗人的比喻并未局限于野生鸟类，关在笼子里的鸟也能使他获得灵感。比如，他这样呈现国王亨利六世对伦敦塔的卫队长所表达的谢意，感谢他在自己遭受监禁期间给予的礼待：

我一定重重赏你，
因为你对我的善意，使我在囚禁期间十分愉快。
这种愉快就好像是笼子里的鸟雀所感到的那样，

---

① 《维纳斯与阿都尼》，第601、604行（张谷若译）。
② 《维纳斯与阿都尼》，第67行（张谷若译）。
③ 《鲁克丽丝受辱记》，第457行（杨德豫译）。

它们起先不很开心，

但是最后在笼里呆惯了，觉得很和谐，

就忘记自己是失去自由的了。①

我们也会记得，当考狄利娅（Cordelia）和李尔（Lear）被监押走下舞台时，同样的比喻也用在他们身上，其情其景令人心痛。考狄利娅问她的父亲："我们要不要去见见这两个女儿和这两个姊姊？"李尔答道：

不，不，不，不！来，让我们到监牢里去。

我们两人将要像笼中之鸟一般唱歌；

当你求我为你祝福的时候，我要跪下来

求你饶恕；我们就这样生活着，

祈祷，唱歌，说些古老的故事，嘲笑

那班像金翅蝴蝶般的廷臣，……

用我们的意见解释各种事情的秘奥。②

莎士比亚对大自然的情感和对户外生活的热爱在《皆大欢喜》里表现得最为淋漓尽致，也最令人赞叹。这是一部充满欢声笑语的戏剧。剧里到处洋溢着田野的气息和迷人的乡村生活，以及浓荫蔽

---

① 《亨利六世下篇》，第四幕，第六场，第 10 行（章益译）。
② 《李尔王》，第五幕，第三场，第 8 行（朱生豪译）。

日下的静谧祥和。无疑，这部剧的主要场景所反映的乡村风光都是基于诗人对自己少年时代故乡的回忆，并且，他恰如其分地把它命名为"亚登森林"——那正是少年的他在沃里克郡的王国。他把我们带到一个绿色葱茏的林地：间或有一丛丛的山楂树和黑莓刺丛，高大挺拔的树木间是一片片绿茵茵的草地，成群的山羊和绵羊悠闲地吃着草，偶尔我们也可以看到静静的鹿群。我们还碰到牧羊人和森林居民，看见一间小木屋，就坐落在垂柳拂堤、喃喃微语的小溪旁。我们的注意力不时被一些奇异的树木所吸引，比如有这样一棵橡树，"那古老的树根露出地面，横卧在穿过树林潺潺流去的溪水里"①。我们也会在这样一棵橡树下停下，

> 它的树干上满覆苍苔，
> 高高的树冠也因年岁老化而光秃秃的失了风采。②

这里还有树干光滑的山毛榉，失恋的乡村青年会把心爱的人的名字

---

① 《皆大欢喜》，第二幕，第一场，第31行。（这是臣甲描述杰奎斯时的一句话，因朱生豪译本未突出橡树特征，此处为译者自译。朱生豪此段译文："今天阿米恩斯大人跟我两人悄悄地躲在背后，瞧他躺在一棵橡树底下，那古老的树根露出在沿着林旁潺潺流去的溪水上面。"——译者注）
② 《皆大欢喜》，第四幕，第三场，第103行。（这是奥列佛描述奥兰多发现他兄长的情形时提到的，因朱生豪译本未突出橡树特征，此处亦为译者自译。朱生豪此段译文："他正在林中行走，品味着爱情的甜蜜和苦涩，瞧，什么事发生了！他把眼睛向旁边一望，你瞧，他看见了些什么东西：在一棵满覆苍苔的秃顶的老橡树下，有一个不幸的衣衫褴褛须发蓬松的人仰面睡着；一条金绿的蛇缠在他的头上，正预备把它的头敏捷地伸进他的张开的嘴里去。"——译者注）

刻在这些粗大的树干上。

在这样一个本质上是英国风光的背景下，诗人引入了一道橄榄树做的护栏围绕着羊圈，还有"一条金绿的蛇"，以及一头蹲伏在地上、随时准备扑向那个将从睡梦中醒来的人的"饥饿的母狮"。在剧作家眼里，跟一位被放逐的公爵以及他的侍臣、随从们相比，这些本属于地球上其他自然气候下的物种出现在这片林子里一点都不足为奇。他以自己的亚登森林为原型创造出一片理想化的风景，他也可以利用艺术家的自由为它装点上他认为适宜的植被，并让他认为适宜的人兽游走其间。

当我们走进这片充满魔力的林子时，最先进入我们耳朵的各种声音里就有百鸟的欢迎曲：

> 绿树高张翠幕，
> 谁来偕我偃卧，
> 翻将欢乐心声，
> 学唱枝头鸟鸣：
> 　　盍来此？盍来此？盍来此？
> 目之所接，
> 精神契一，
> 唯忧雨雪之将至。①

---

① 《皆大欢喜》，第二幕，第五场，第1行（朱生豪译）。

在剧本接近尾声的地方，在我们听到的最后几首乐段里，百鸟的合唱又一次响起：

> 春天是最好的结婚天，
> 听嘤嘤歌唱枝头鸟，
> 姐郎们最爱春光好。①

我们需要了解，是诗人关于林地间的祥和安宁与亚登森林里的幸福美满的思索使他灵感迸发，创作出他所有作品中最富深意的篇章。尽管这段引文由于不断被提起而显得有些平庸无奇，它还是值得每一个热爱大自然的人好好珍藏：

> 我们的这种生活，虽然远离尘嚣，
> 却可以听树木的谈话，溪中的流水便是大好的文章，
> 一石之微，也暗寓着教训；每一件事物中间，都可以
> 　找到些益处来。②

在这部充满田园气息的戏剧里——其实是在他所有的诗歌和戏剧里——莎士比亚向我们展示出大自然的面庞所带给他的盈荡心灵的快乐。鲜花丛林的美丽与芳香、小鸟的飞旋与乐音都令他欢欣喜

---

① 《皆大欢喜》，第五幕，第三场，第17行（朱生豪译）。
② 《皆大欢喜》，第二幕，第一场，第15行（朱生豪译）。

悦。然而，他并不止于欢愉；他同时为这些生灵的脆弱与痛苦感到悲伤。最近，一位卓有名气的莎士比亚研究者说："田野林间的野生动物，由于它们从来没有冒险接近过人，因而被排除在莎士比亚的同情关注之外。"我倒是认为，没有比这更错误的论断了。莎士比亚不是科学家，但他显然拥有博物学家所需具备的最优秀的品质——敏锐准确的眼光和对生命的同情，不仅仅对人，而是对所有活着的、有感知力的生命体。这种同情在他对鸟的描述中有所体现，但也同时出现在他对动物的描述中，无论是高级动物还是低级动物，包括那些"从来没有冒险接近过人"的动物。在我们刚刚讨论的这部杰出的剧作里，这一同情就表现得格外突出。在亚登森林，被放逐的公爵问他的随从们要不要跟他一起去猎鹿，但是不等他们回答，公爵便马上反省，说道：

> 可是我心里却有些不忍，这种可怜的花斑的蠢物，
> 本来是这荒凉的城市中的居民，
> 现在却要在它们自己的家园中
> 让它们的后腿领略箭镞的滋味。①

这样的悲悯之心在公爵的那位"被放逐的同伴与弟兄"杰奎斯那里表现得更为强烈。按照公爵的两位侍臣的说法，当忧郁的杰奎斯躺

---

① 《皆大欢喜》，第二幕，第一场，第22行（朱生豪译）。（原剧实为第23行。——译者注）

在一棵河边的橡树下时,一只受伤的牡鹿恰巧来到同一地点,不停地发出痛苦的呻吟。他们听到他为牡鹿的命运哀叹不已。他看到这只可怜的生灵

> 把眼泪浪费地流下了水流之中,
> 便说,"可怜的鹿,他就像世人立遗嘱一样,
> 把你所有的一切
> 给了那已经有得太多的人。"于是,看它孤苦零丁,
> 被它那些皮毛柔滑的朋友们所遗弃,
> 便说,"不错,人倒了霉,
> 朋友也不会来睬你了。"不久又有一群吃得饱饱的、
> 无忧无虑的鹿跳过它的身边,
> 也不停下来向它打个招呼;"嗯,"杰奎斯说,
> "奔过去吧,你们这批肥胖而富于脂肪的市民们;
> 世事无非如此,那个可怜的破产的家伙,
> 瞧他作什么呢?"
> 他这样用最恶毒的话来辱骂着
> 乡村、城市和宫廷的一切,
> 甚至于骂着我们的这种生活;发誓说我们
> 只是些篡位者、暴君或者比这更坏的人物,
> 到这些畜生们的天然的居处

来惊扰它们，杀害它们。①

更为细腻、更富有悲悯之心的是诗人对猎捕"目力弱的野兔"的场景的生动描写：

> 看一下，那可怜的小东西，想逃避追敌，
> 怎样跑得比风还快，怎样想制胜出奇，
> 拐千弯、转万角，闪躲腾挪，旁突又侧驰。②

当它终于把寻着气味追赶而来的猎狗甩掉的那一刻，

> 可怜的小兔，在远处的山上息足，
> 用后腿支身，叫前身拱起，把两耳耸立，
> 听一听它的敌人是否仍旧穷追紧逼。
> 霎时之间，它听见了它们的狂吠声起，
> 于是，它心里的难过，绝不能用笔墨表出。
> 只有那病已不治、听见丧钟的人可以比。

---

① 《皆大欢喜》，第二幕，第一场，第46行（朱生豪译）。当剧作家后来把这同样的关于人群的冷漠的观点从哈姆莱特嘴里说出来的时候，他心里很可能在想着这一幕："嗐，让那中箭的母鹿掉泪，/没有伤的公鹿自去游玩；/有的人失眠，有的人酣睡，/世界就是这样循环轮转。"《哈姆莱特》，第三幕，第二场，第265行（朱生豪译）。
② 《维纳斯与阿都尼》，第680行（张谷若译）。

> 这时只见那可怜的东西，满身露沾濡，
> 东逃西跑，侧奔横逸，曲里歪斜难踪迹。
> 丛丛恶荆棘，都往它那疲乏的腿上刺，
> 处处黑影把它留，声声低响使它停止。①

由此可见，诗人的同情心已经延伸至那些微不足道、不堪一击的生命形态，而大多数人对它们都嗤之以鼻，甚或恶意相向。甚至有时候，他对它们的痛苦敏感度的描述可能超出了现代博物学家所认可的情形，就像《一报还一报》中伊莎贝拉（Isabella）对她弟弟说的那样：

> 被我们践踏的一只无知的甲虫，
> 它的肉体上的痛苦，
> 和一个巨人在临死时所感到的并无异样。②

在其他作品里，莎士比亚还谈到我们身上普遍存在的对昆虫世界的冷漠无情，这从青少年时期就表现出来：

> 天神掌握着我们的命运，正像顽童捉到飞虫一样，

---

① 《维纳斯与阿都尼》，第697行（张谷若译）。
② 《一报还一报》，第三幕，第一场，第80行（朱生豪译）。

为了戏弄的缘故而把我们杀害。①

他指出,人们成年以后,会"干下一千种可怕的事情,就像一个人打死一只苍蝇一般不当做一回事儿"②。而诗人的同情心是连一只苍蝇也包括在内的。在关于一匹精气十足的骏马的描述里,他特意讲到那匹马如何"又刨地,又愤怒地把苍蝇乱咬一阵"③。在莎士比亚所有的作品中,对卑微动物的恻隐之心描写最为细致、最出色的还是在那部不太令人愉快的悲剧里——《泰特斯·安德洛尼克斯》。虽然这部剧被收在莎翁作品集之中,但它显然是由另外一位作家主笔④。不过,剧本倒是有一些片段富有力量和美感,并不辜负莎士比亚的盛名,而且很有可能是出自他的手笔。在这些片段中,有这样一个场景,泰特斯(Titus)和他的弟弟玛克斯(Marcus)坐在餐桌旁,玛克斯用刀子敲击餐盘,由此引发了下面的对话:

泰特斯:你在用刀子砍什么?

玛克斯:一只苍蝇,哥哥;我已经把它打死了。

---

① 《李尔王》,第四幕,第一场,第37行(朱生豪译)。
② 《泰特斯·安德洛尼克斯》,第五幕,第一场,第141行(朱生豪译)。
③ 《维纳斯与阿都尼》,第316行(张谷若译)。
④ 很多人认为该剧是莎士比亚和乔治·皮尔(George Peele,1556—1596年)合作而成,是莎士比亚的第一部悲剧,模仿了16世纪盛行的"血与泪"的复仇剧。剧本讲述了罗马大将泰特斯与哥特人皇后塔摩拉之间循环不断的血腥复仇的故事。虽然该剧在当时盛极一时,但因剧中大量骇人的暴力与血腥场面,剧本一度饱受争议,是莎剧中评价最低的一部戏。直到20世纪中叶,该剧开始受到更多关注,评价也大为提高。——译者注

泰特斯：该死的凶手！你刺中我的心了。

　　我的眼睛已经看饱了凶恶的暴行；

　　杀戮无辜的人是不配做泰特斯的兄弟的。

　　出去，我不要跟你在一起。

玛克斯：唉！哥哥，我不过打死了一只苍蝇。

泰特斯：可是假如那苍蝇也有父亲母亲呢？

　　可怜的善良的苍蝇！

　　它飞到这儿来，

　　用它可爱的嗡嗡的吟诵娱乐我们，你却把它打死了！

玛克斯：恕我，哥哥；那是一只黑色的、丑恶的苍蝇，

　　有点像那皇后身边的摩尔人，所以我才打死它。

泰特斯：哦，哦，哦！

　　那么请你原谅我，我错怪你了，

　　因为你做的是一件好事。

　　……

　　可是难道我们已经变得这样卑怯，

　　用两个人的力量去杀死一只苍蝇，

　　只是因为它的形状像一个黑炭似的摩尔人吗？[①]

接连的失子之痛已使泰特斯神智混乱，此时的他已经近乎崩溃，

---

① 《泰特斯·安德洛尼克斯》，第三幕，第二场，第52行（朱生豪译）。

因此，这番语无伦次的话无疑是诗人的有意设计，以显示他的疯癫状态。不过，这番话也有可能反映了诗人自己内心深处对"可怜的善良的苍蝇"的怜悯。当然，现代科学最近发现家蝇远非无害，而是危险的疾病传播者，所以，把它从人类的生活环境中无情地消灭掉，真的应该可以被视为泰特斯所说的"是一件好事"。

正如他的前辈乔叟一样，莎士比亚也会用鸟的歌声来激活笔下的图景，无论是白天黑夜，还是春夏秋冬，其效果丝毫不逊色于乔叟。他爱那

> 报春的候鸟，
> 总是在冬残寒尽的时候，
> 歌唱着阳春的消息。①

他告诉我们小鸟如何"在每一株树上吟唱歌曲"②，又讲述

> 在一个欢乐的五月间，
> 曾经有那么一天，
> 在一丛山桃树旁，
> 我恬适地坐着歇凉，
> 野兽跳跃、鸟儿歌唱，

---

① 《亨利四世下篇》，第四幕，第四场，第91行（朱生豪译）。
② 《泰特斯·安德洛尼克斯》，第二幕，第三场，第12行（朱生豪译）。

> 花草吐芽，树木正生长，
> 一切都使人感到欢欣。①

他把我们带到这样的地方，在那里我们可以

> 观看着牧人在草原上牧放牛羊，
> 或者在清浅的河边，侧耳谛听，
> 欣赏水边小鸟的动人的歌声。②

春天的律动以及百鸟的雀跃在《爱的徒劳》剧终时的"春之歌"里得到了充分描绘：

> 当无愁的牧童口吹麦笛，
> 　　清晨的云雀惊醒了农人，
> 斑鸠乌鸦都在觅侣求匹，
> 　　女郎们漂洗夏季的衣裙。③

而在下面的诗行里，万物萧瑟、百鸟齐喑的林中秋景得到了写照：

---

① 《热情的朝圣者》，第21首。（在《莎士比亚全集》中收录为《乐曲杂咏》第六首，黄雨石译。——译者注）
② 同上书，第20首。（在《莎士比亚全集》中收录为《乐曲杂咏》第五首，黄雨石译。——译者注）
③ 《爱的徒劳》，第五幕，第二场（朱生豪译）。——译者注

> 在我身上你或许会看见秋天，
> 当黄叶，或尽脱，或只三三两两，
> 挂在瑟缩的枯枝上索索抖颤——
> 荒废的歌坛，那里百鸟曾合唱。①

同样，在前面引用过的《爱的徒劳》里的"冬之歌"里，逼真的冬景展示了小鸟们在这个季节的变化：

> 当怒号的北风漫天吹响，
> 咳嗽打断了牧师的箴言，
> 鸟雀们在雪里缩住颈项，
> 玛利恩冻得红肿了鼻尖。②

再或者，我们看到在一场暴风雪中，

> 一群惊惶的禽鸟，
> 在暴风中四散飞逃。③

在很多片段里——有一些我很快就会谈到——诗人借用喜欢夜

---

① 《十四行诗》，第 73 首（梁宗岱译）。
② 《爱的徒劳》，第五幕，第二场，第 908 行（朱生豪译）。
③ 《泰特斯·安德洛尼克斯》，第五幕，第三场，第 68 行（朱生豪译）。

间活动的禽鸟来渲染夜色的阴郁凄凉，它们在黑暗里或尖声厉叫，或呻吟哀号，使得黑夜显得越发阴森恐怖。他还用夜莺那哀婉的曲调来衬托黑夜的诡秘。

对于大自然中水火不容的情况却常常比肩并存的现象，莎士比亚异常敏感。他称之为

> 和谐中有龃龉，一派仙乐却奏得极难听。
> 耳边极美的乐声，却引起心里深创剧痛。①

他不仅在有生命的造物里发现这种对立，也在无生命的事物里发现它的存在，当然也包括和鸟有关的情形。

> 弱不禁风的嫩枝，偏遇上雨暴风狂；
> 恶草与珍异奇葩，厮缠着根须生长；
> 娇鸟啼啭的地方，有毒蛇咝咝作响；
> 美德哺育的一切，被罪孽大口吃光。②

他让伊里（Ely）主教用大自然中相生相克的现象来解释威尔士亲王的巨大转变，即有害的东西往往与有益的东西相互依存：

---

① 《维纳斯与阿都尼》，第 431 行（张谷若译）。
② 《鲁克丽丝受辱记》，第 869 行（杨德豫译）。

草莓在荨麻底下最容易成长；
那名种与较差的果树为邻，
就结下更多更甜的果实。
亲王的敏慧的悟性，同样也只是
掩藏在荒唐的表面底下罢了；不用问，
那就像夏天的草儿在夜里生长得最快，
不让人察觉，可只是在那儿往上伸长。①

快乐与痛苦、喜悦与忧愁的同存共生在诗人眼里无处不在，甚至连那些娇弱的造物，那些唱着令他欢愉的歌的鸟儿也不例外。他看到，一只歌唱的鸟的哀伤或苦痛丝毫不会让合唱团其他成员的歌声停止。

你同类的鸟儿正欣然歌唱，
他们全不理会你的悲伤。
可怜的鸟儿啊，我的不幸
也和你一样谁也不同情。②

正如很多诗人都意识到的，他发现，有时鸟儿欢快的歌声反而让人

---

① 《亨利五世》，第一幕，第一场，第60行（方平译）。
② 《热情的朝圣者》，第21首。（在《莎士比亚全集》中收录为《乐曲杂咏》第六首，黄雨石译。——译者注）

感觉刺耳难耐,那是因为人的内心因苦难而痛苦不堪。因此,他这样描写鲁克丽丝:

> 鸟雀们啁啾合唱,赞美欢畅的清晨,
> 这甜美愉悦的曲调,更使她怆痛难禁;
> 因为欢乐总是要探察苦恼的底蕴;
> ……
> "鸟儿呵!"鲁克丽丝说,"你们像在嘲弄我;
> 别唱了,把歌声埋入你们虚胀的胸膈!
> 在我听得见的地方,请你们闭口藏舌;
> 我心里噪音杂乱,听不得乐律谐和;
> 心情凄苦的女主人,受不了欢娱的宾客。"[1]

---

[1] 《鲁克丽丝受辱记》,第 1107—1125 行(杨德豫译)。

莎翁笔下的鸟类家族

同很多诗人前辈和同时代诗人一样，莎士比亚认为整个鸟类大家庭是一个热闹喧哗的集体，一个大自然中充满活力、令人愉快的组成，它们使乡村生活生机勃勃，充满魅力。然而，他丰富广博的鸟类知识，识别并说出每只鸟的名字的熟练程度，包括详细道出它们的生活习性的能力，这些使他的诗歌和戏剧远远超越其他诗人，表明他对鸟的了解绝不限于皮毛，而是深入到它们在自然栖息地的生活习性。他能够准确辨认的鸟类高达五十多种，如下表所示：

鹰	潜鸟	乌鸦
隼	猫头鹰	秃鼻乌鸦
茶隼	杜鹃（布谷鸟）	红嘴山鸦
雀鹰（鹞）	丘鹬	寒鸦
鸢	雉	喜鹊

鸢	山鹑	松鸦
鹦	鹬	椋鸟
秃鹫	鹌鹑	家养公鸡
鹦鹉	麦鸡	鹅
鸵鸟	野鸭	雄火鸡
鸬鹚	小䴙䴘	天鹅
鹈鹕	渡鸦	孔雀
鸽子	鹊鸽	篱雀
斑鸠	鸦	家麻雀
云雀	欧亚鸲（知更鸟）	燕子
乌鹎	雀科小鸟	家燕
歌鹎	翡翠鸟	夜莺
鹪鹩		

这些鸟当中，有一些他只是偶尔提及，但大多数鸟都是被多次引用，有一些甚至被提到四十或五十次之多。诗人在这些鸟的身上发现了一些特征，这些特征能让他联想到人类的情感与行为，于是有效地变换各种方式把它们用作象征或者比喻，大大地丰富了他对人生这部伟大戏剧的生动描摹。博物学家对这位超越时空的伟大诗人对待生灵的态度很感兴趣，当他们发现莎翁的自然史知识有时不甚准确，甚至会凭空相信那个时代流行的关于大自然的奇闻怪谈的时候，他们并不会大惊小怪。这是因为，那时候关于大自然的科学研究还没

有成为一个严肃的课题。

在这里，我将逐一讨论被莎翁选中的鸟，并从他的作品中引用一些片段来展示他对每一种鸟的不同处理方式。为方便起见，我们把这些鸟分类来讨论。

AQUILA CHRYSAETOS, Briss.

金雕

鹰

The EAGLE

我们可以遵循乔叟开创的先例,从猛禽开始谈起。正如乔叟在他列出的长长的名单里所说,"掠食猛禽坐在最高位"。在莎翁的作品中,鹰被引用了不下四十次。两种英国本土的鹰——金雕和白尾海雕——虽然现在已经为数不多,但毫无疑问在他那个年代数量庞大。他很可能亲眼见过这两种鸟在空中翱翔的雄姿,尽管从他的描述中看不出他对这些鸟有过近距离接触。他知道鹰在百鸟之中至高无上的地位以及它对于其他猛禽而言广为认可的威严,因此,在安排凤凰和斑鸠的葬礼时,他让鸟儿们自己承认这一至尊身份:

任何专横跋扈的暴徒,

都不容走近我们的会场,

　　只除了鹰,那羽族之王:

　　葬礼的尊严不容玩忽。①

自远古以来,鹰就被认为拥有无可比拟的目力②,这一特征经常被莎士比亚提及。他甚至让他的一个人物声称,人间的国王也拥有鸟中之王的眼睛。当理查(Richard)二世站在弗林特城堡的城垛上时,约克(York)伯爵指着他惊呼道:

　　可是他的神气多么像一个国王!瞧,他的眼睛,

　　像鹰眼一般明亮,射放出

　　慑人的威光。③

未来的国王爱德华(Edward)四世是这样被他的兄弟理查震慑住的:

　　你如果真是神鹰的雏鸟,

　　你就睁大眼睛看着太阳,由此来证明你不愧为他的后嗣。④

---

① 《凤凰和斑鸠》,第9行(黄雨石译)。
② 乔叟把拥有"尖锐的目光可以穿透太阳的鹰王"置于众鸟之首。《众鸟之会》,第330行。
③ 《理查二世》,第三幕,第三场,第68行(朱生豪译)。
④ 《亨利六世下篇》,第二幕,第一场,第91行(章益译)。

在《爱的徒劳》里，俾隆（Biron）用巧妙幽默的夸张手法描述了一种胜过鹰的目力的眼神，来劝说他自己和他的朋友们放弃他们那愚蠢的誓言——"绝食，读书，不近女色"。他先指出女人眼睛的神奇力量，声明"从一个女人的眼睛里学会了恋爱"，继而对此大加铺陈：

> 它会随着全身的血液，像思想一般迅速地通过百官四肢，
> 使每一个器官发挥出双倍的效能；
> 它使眼睛增加一重明亮，
> 恋人眼中的光芒可以使猛鹰眩目；
> 恋人的耳朵听得出最微细的声音，
> 任何鬼祟的奸谋都逃不过他的知觉。①

在同一部戏里，还有更为离经叛道的夸张——为了赞美他所爱的人儿，俾隆居然发出这样的挑战：

> 哪一道鹰隼般威棱闪闪的眼光，
> 不会眩耀于她的华艳，
> 敢仰望她眉宇间的天堂？②

鹰不仅被誉为视力超群，而且还享有长寿的美名。性情乖僻的

---

① 《爱的徒劳》，第四幕，第三场，第327行（朱生豪译）。
② 《爱的徒劳》，第四幕，第三场，第222行（朱生豪译）。

哲学家艾帕曼特斯（Apemantus）在责问泰门（Timon）时提到了这一说法：

> 你以为那凛冽的霜风，你那喧嚷的仆人，
> 会把你的衬衫烘暖吗？
> 这些寿命超过鹰隼、罩满苍苔的老树，
> 会追随你的左右，听候你的使唤吗？①

当莎翁把人类社会的等级制度比作鸟类世界的等级划分时，他把领袖比作鹰隼，把普罗众生比作不那么尊贵的鸟种。骄傲的科利奥兰纳斯（Coriolanus）辱骂罗马平民为乌合之众，说他们

> 总有一天会打开元老院的锁，让一群乌鸦飞进来向鹰隼乱啄。②

潘达洛斯（Pandarus）对特洛伊的百姓也是满怀不屑，他宣称"鹰隼已经过去"，现在"就剩了些乌鸦，就剩了些乌鸦了"③。同样的类比也用在英格兰的政局上。未来的理查三世就认为：

---

① 《雅典的泰门》，第四幕，第三场，第222行（朱生豪译）。（原文只有第二个问句，为保留句式的完整，故增加了第一个问号。——译者注）
② 《科利奥兰纳斯》，第三幕，第一场，第136行（朱生豪译）。
③ 《特洛伊罗斯与克瑞西达》，第一幕，第二场，第235行（朱生豪译）。

> 我说不出；反正世风日下，
> 老鹰不敢栖息的地方，却有鸥鹫在掠夺。①

在同一部剧里，海司丁斯（Hastings）也说：

> 可叹鸷鹰禁闭了起来，而鸢鹞之类反可以悠然自得。②

在莎士比亚的那些含有鹰隼的政治隐喻里，有一个隐喻会让我们想起一段不太愉快的久远历史。那个时候，英伦岛的南半部被比作是鸟中之王，而北半部则被比作胡作非为的害虫。

> 一旦英格兰那头猛鹰飞去觅食了，
> 苏格兰那头鼬鼠就会偷偷跑来，
> 到它那没谁保护的窠巢里偷吃它的尊贵的蛋。
> 正所谓猫儿不在，就是耗子的天下；
> 它即使吞不了，尽量破坏和骚扰你一场也是好的。③

灾难可能随时降临，众鸟之王也在所难逃，关于这一点的担忧引发了这样的思考：

---

① 《理查三世》，第一幕，第三场，第70行（方重译）。
② 《理查三世》，第一幕，第一场，第132行（方重译）。
③ 《亨利五世》，第一幕，第二场，第169行（方平译）。

ASTUR PALUMBARIUS

苍鹰

> 我们往往可以这样自慰,
> 硬壳的甲虫是比奋翼的猛鹰更为安全的。①

这句引言的后半句让我们想起另一段描写。在这段描写中,作家好像曾亲眼看见过雄鹰展翅的风采,把它凌空翱翔的雄姿刻画得入木三分:

> 我让我的恣肆的笔锋在无数的模型之间活动,不带一
> 丝恶意,
> 只是像凌空的鹰隼一样,一往直前,
> 不留下一丝痕迹。②

鹰还被赋予一种与其帝王身份相匹配的高贵品质:

> 鹰隼放任小鸟的歌吟,
> 不去理会它们唱些什么,
> 它知道它的巨翼的黑影,
> 可以随时遏止它们的乐曲。③

---

① 《辛白林》,第三幕,第三场,第 19 行(朱生豪译)。
② 《雅典的泰门》,第一幕,第一场,第 51 行(朱生豪译)。
③ 《泰特斯·安德洛尼克斯》,第四幕,第四场,第 83 行(朱生豪译)。

莎翁或许见过被捉住后圈养的鹰，因为他对它吃东西的样子的描写似乎源于实际观察：

> 空腹的苍鹰，饿得眼疾心急，馋涎欲滴，
> 抓住小鸟，用利喙把毛、肉、骨头一齐撕。
> 鼓翼助威势，贪婪猛吞噬，忙忙又急急，
> 饥胃填不满，食物咽不尽，就无停止时。①

无论是身遭监禁，失了自由，还是被射杀，制成填充标本，剧作家显然都近距离观察过这类鸟，因此他才能让福斯塔夫（Falstaff）说出这么俏皮的一个比方：

> 我自己的膝盖！我在像你这样年纪的时候，哈尔，我的腰身还没有鹰爪那么粗；我可以钻进套在无论哪一个县佐的大拇指上的指环里去。②

---

① 《维纳斯与阿都尼》，第 55 行（张谷若译）。
② 《亨利四世上篇》，第二幕，第四场，第 320 行（朱生豪译）。

鹰隼与鹰猎
HAWKS and HAWKING

莎士比亚对鹰隼家族的了解显然是最深入的。这是英国本土最常见的鸟类，也是鹰猎运动中大量需求的鸟。莎翁的描写表明，他对这项运动的专业用语有着非常深入细致的了解，而且他自己很可能早年就是一个非常厉害的驯鹰者，甚或可能一直都是。他的剧里充满了猎鹰的专业术语，他用比喻的方式把它们用在看似毫不相关的事物上。最能展示这一习惯做法的例子莫过于彼特鲁乔（Petruchio）那段描述他要用来驯服他那坏脾气的老婆的招数的话了。他用驯鹰者的行话说出这番自言自语：

我已经开始巧妙地把她驾驭起来，

希望能够得到美满的成功。
我这只悍鹰现在非常饥饿，
在她没有俯首听命以前，不能让她吃饱，
不然她就不肯再练习打猎了。
我还有一个治服这鸷鸟的办法，
使她能呼之则来，挥之则去；
那就是总叫她睁着眼，不得休息，
拿她当一只乱扑翅膀的倔强鹞子一样对待。
今天她没有吃过肉，明天我也不给她吃；
昨夜她不曾睡觉，今夜我也不让她睡觉，
我要故意嫌被褥铺得不好，
把枕头、枕垫、被单、线毯向满房乱丢，
还说都是为了爱惜她才这样做。[①]

  驯鹰术及其术语在伊丽莎白时代对英国社会的影响之广在罗密欧与朱丽叶花园诉衷肠那一场戏里有充分体现。在凯普莱特花园，朱丽叶两次退回房去，但最后又回到窗前，为的是再说一句话。当罗密欧百般不愿、缓慢地躲到黑暗处时，他听到从窗口传来呼唤他的声音：

---

① 《驯悍记》，第四幕，第一场，第172行（朱生豪译）。

> 嘘！罗密欧！嘘！唉！我希望我会发出呼鹰的声音，
> 招这只鹰儿回来。
> 我不能高声说话，
> 否则我要让我的喊声传进厄科的洞穴，
> 让她的无形的喉咙
> 因为反复叫喊着我的罗密欧的名字而变成嘶哑。①

鹰猎的真实阵仗在《亨利六世中篇》那个欢快的场景里呈现在我们面前。国王、王后以及他们的随从们、饲鹰人在刚刚结束一个上午的围猎后，一路高声喧哗着来到台上。

> 玛格莱特王后：真的，众位大人，放鹰捉水鸟，
> 　　要算是七年以来我看到的最好的娱乐了；
> 　　不过，诸位请看，这风是太猛了些，
> 　　我看约安那只鹰，多半是未必能飞下来捉鸟儿的。
> 亨利王：贤卿，您的鹰紧紧地围绕在水鸟集中的地方飞翔，
> 　　飞得多么好呀，
> 　　它腾空的高度，别的鹰全都比不上。
> 　　看到这鸢飞鱼跃，万物的动态，

---

① 《罗密欧与朱丽叶》，第二幕，第二场，第 158 行（朱生豪译）。"tassel-gentle" 或 "tercel-gentle" 指雄性苍鹰，在驯鹰术里很常用。（译文中的"鹰儿"即原文中的"tassel-gentle"，"呼鹰的声音"在原文中的用词是"a falconer's voice"，二者均为驯鹰术中的常用术语。——译者注）

FALCO PEREGRINUS.

游隼

　　　　　使人更体会到造物主的法力无边!

　　　　　你看,不论人儿也好,鸟儿也好,

　　　　　一个个都爱往高处去。

萨福克:如果陛下喜欢这样,

　　　　　那就怪不得护国公大人养的鹰儿都飞得那么高了。

　　　　　它们都懂得主人爱占高枝儿,

　　　　　它们飞得高,他的心也随着飞到九霄云外了。

葛罗斯特:主公,若是一个人的思想不能比飞鸟上升得更高,

　　　　　那就是一种卑微不足道的思想。

红衣主教:……真的,葛罗斯特贤侄,

　　　　　要不是你的手下人把水鸟陡然惊跑了,

　　　　　咱们还可以多耍一会儿哩。①

　　在"鹰隼"这一广义分类下,大多数猛禽都被用来进行围猎等运动,莎士比亚对它们的引用也主要体现在这一方面。隼(Falcon)——莎翁用得最多的称呼——其实可能包括几个不同的种类。②他显然非常羡慕它们能够凌空高飞的本事。譬如,他讲到"一头雄踞在高岩上的猛鹰"③,还让波林勃洛克(Bolingbroke)夸耀说,他迎战毛勃雷(Mowbray)"正像猛鹰追逐一只小鸟,我对毛勃雷抱

---

① 《亨利六世中篇》,第二幕,第一场,第1—46行(章益译)。
② 乔叟这样提到它们:"那高贵的隼鹰伸出他的脚爪与君王握手。"《众鸟之会》,第337行(方重译)。
③ 《麦克白》,第二幕,第四场,第12行(朱生豪译)。

红隼

着必胜的自信"[1]。他还注意到凶猛的猎鹰如何

> 在长空盘绕回翔,
> 它那双翅膀的黑影,叫鸟雀魂飞胆丧,
> 钩曲的利喙威吓着:动一动就会死亡。[2]

鹰猎中常用的猛鹰是雌性游隼（female Peregrine），人们认为雌性游隼比雄性更能适应鹰猎运动的要求。茶隼（Kestrel）出现在《第十二夜》，莎士比亚使用的是当地的名字——红隼。其中一场戏中，在玛利娅（Maria）的愚弄下，马伏里奥（Malvolio）从地上捡起了玛利娅故意丢在那里的信，开始猜测信的内容，托比（Toby）爵士和费边（Fabian）躲在一边观看着他的一举一动：

> 马伏里奥:"我的命在 M, O, A, I 的手里飘摇。"
> 　不,让我先想一想,让我想一想,让我想一想。
> 费边:她给他吃了一服多好的毒药!
> 托比:瞧那头鹰儿多么饿急似的想一口吞下去![3]

---

[1]　《理查二世》,第一幕,第三场,第61行（朱生豪译）。
[2]　《鲁克丽丝受辱记》,第506行（杨德豫译）。
[3]　《第十二夜》,第二幕,第五场,第102行（朱生豪译）。（译文中最后一句的"鹰儿"在原文中的对应用词是"staniel",意为"红隼",译文未体现出用词的区别。——译者注）

雀鹰/雄枪鹰（Sparrow Hawk/Musket）在莎剧中只出现过一次，那是被福德（Ford）大娘作为昵称用来称呼福斯塔夫的侍童罗宾（Robin）的：

啊，我的小鹰儿！你带什么信息来了？[①]

[①] 《温莎的风流娘儿们》，第三幕，第三场，第 18 行（朱生豪译）。"musket"或 "musque-hawk" 是雄性雀鹰的古代名称，"eyas" 的意思是雏鹰。（译文中的 "小鹰儿" 在原文中的对应用词是 "eyas-musket"。——译者注）

在结束鹰和鹰猎这一话题之前，我想说，这一运动在我们国家并没有完全消失，而且我们至少有两个显著的标志是对那个鹰猎作为广受喜爱的休闲运动的时代的纪念。在我们的王室官员中，还保留着一个官职叫"世袭制大饲鹰官"（Hereditary Grand Falconer），由圣阿尔本公爵家族担任。在古代，多少个世代以来，皇家种鹰都是豢养在位于查令十字的叫作"鹰厩"的房子。亨利八世的时候，这些鹰厩被改建成马厩，但是那个极富时代气息的名字还保留着。用"鹰厩"（Mews）命名两侧建有马厩的街道逐渐演变成一种习俗，而且一直持续到今天。然而，当我们讲到"mews"的时候，我们脑子里想到的总是马，而不会再想到鹰了。

鵟

The BUZZARD

鵟被莎士比亚提到过几次，而且总是或多或少带点轻蔑的意味。这是一种体形很大、样子很帅的鸟，但是和鹰比起来，它的飞行姿态缓慢而又沉重。因此，在彼特鲁乔和凯瑟丽娜（Katharine）的唇枪舌剑中，他用他典型的驯鹰者的语言问她：

啊，我慢吞吞的小鸽子，要不要让大雕捉住你？[1]

---

[1] 《驯悍记》，第二幕，第一场，第206行。（原文为：O slow-winged turtle, shall a buzzard take thee？因朱生豪译文未突出原文关于鵟与鸽子在速度上的暗示，此处译者在其翻译基础上稍作调整。参见朱生豪译文："啊，我的小鸽子，让大雕捉住你好不好？"——译者注）

在前面引用过的一个片段中,鸢是和名声不太好的鸢连在一起的。牛顿教授说:"在过去驯鹰术盛行的时候,鸢被视为是臭名昭著的鸟,因而在日常英语中,如果称一个人为'鸢',那就等于骂他是蠢货。"[1]

---

[1] 《鸟类辞典》(Dictionary of Birds),第67页。(《鸟类辞典》由英国鸟类学家阿尔弗雷德·牛顿编纂而成,1899年出版。——译者注)

鸢 / 鹞鹰

The KITE or PUTTOCK

　　在伊丽莎白时代，鸢——今天最为稀有的鸟类之一——在当时是很常见的。这种鸟在伦敦尤其数量庞大，它们吃街上甚至泰晤士河上的垃圾。在伦敦，它们和渡鸦都是受法律保护的益鸟，因为它们是免费的"清道夫"。莎士比亚对该鸟的频繁引用足以说明它在当时是何等常见。莎翁提到它时总是充满不屑。"饥饿的鹞鹰"会无耻地掠走任何它能制伏的活物，甚至包括农庄上饲养的禽畜。当华列克（Warwick）向王后表明他怀疑亨弗雷（Humphrey）公爵死于谋杀时，他这样说：

　　如果有人在鹞鹰的窝巢里发现一只死鹌鹑，

MILVUS REGALIS.

黑鸢

> 尽管鹞鹰的嘴上并无血迹,它还翱翔于高空,
> 能叫人不猜想到鹧鹑的死因吗?
> 眼前这个悲剧显然一样可疑。①

在同一部戏的早些时候,约克问道:

> 把葛罗斯特公爵放在王上身边,摄行政务,
> 是不是如同把一只饿鹰放在小鸡身边,
> 靠它防御鹜鸟一样?

对此,王后的回答是:"那可怜的小鸡是绝难逃命的。"②

在《冬天的故事》里,当安提哥纳斯(Antigonus)受命要把那刚出生的婴儿抱到一个遥远而荒凉的地方的时候,他抱起她来,说道:

> 来,可怜的孩子;
> 但愿法力高强的精灵驱使鸢隼乌鸦
> 来乳哺着你!据说豺狼和熊
> 都曾经脱去了它们的野性,

---

① 《亨利六世中篇》,第三幕,第二场,第191行(章益译)。乔叟称鸢为"懦夫鹞鹰"。
② 《亨利六世中篇》,第三幕,第一场,第248行(章益译)。(译文中的"葛罗斯特"在原文中为"Duke Humphrey",即"亨弗雷",二者为同一人,均指亨利六世的叔父。此外,译文中的"鹜鸟"对应原文为"kite",实为鸢,此处属误译。——译者注)

做过这一类慈悲的好事。①

不过,鸢不被敬重的主要原因还是它吃腐肉和弱小动物的习性。在腓利比战役之前,凯歇斯(Cassius)就从盘旋在他们头顶的鸢群里嗅出了大屠杀的味道:

> 一群乌鸦鸱鸢,
> 在我们的头顶盘旋,
> 好像把我们当作垂毙的猎物一般;它们的黑影像是
> 一顶不祥的华盖,掩覆着
> 我们末日在迩的军队。②

在圣奥尔本战役中,约克宣称:

> 辣手的克列福打死了我的战马,
> 我也还敬了他一下,
> 把他心爱的骏马杀死了,
> 让天空的飞鸢和老鸹来饱餐一顿。③

---

① 《冬天的故事》,第二幕,第三场,第184行(朱生豪译)。
② 《裘力斯·凯撒》,第五幕,第一场,第84行(朱生豪译)。
③ 《亨利六世中篇》,第五幕,第二场,第9行(章益译)。

鸢还有一个习性，那就是在筑巢时喜偷窃。这让它不放过任何晾在篱笆上的衣物——一块毯子，几顶旧帽子，甚至几片纸。这一习性在奥托里古斯（Autolycus）那里得到了认同，他承认自己也是一个"专门注意人家不留心的零碎东西的小偷"——"被单是我的专门生意；在鸢子搭窠的时候，人家少不了要短些零星布屑。"① 鸢的名字本身已经变成了鄙视与憎恨的代名词。当高纳里尔（Goneril）以命令的口吻要求她的父亲"酌量减少他的扈从的人数"时，可怜的老李尔愤愤地向她丢出几个字——"可恶的鸢隼"。②

---

① 《冬天的故事》，第四幕，第三场，第23行（朱生豪译）。（在朱生豪译本中，第四幕第一场被译为"引子"，因此第三场译为"第二场"。——译者注）
② 《李尔王》，第一幕，第四场，第262行。（原文为"detested kite"，朱生豪译文为"枭獍不如的东西"。"枭獍"在汉语中表示两种动物：枭为恶鸟，生而食母；獍为恶兽，生而食父，并非"kite"准确的对应物，故此处采取直译方式，以突出莎翁对该鸟的运用。——译者注）

059

PANDION HALIAËTUS.

鶚

鹗

The OSPREY

作为一种本土鸟种，鹗在目前已经快要从我们的岛屿上灭绝了。不过，在伊丽莎白时期它可能并不少见。它被莎翁提到过一次。当奥菲狄乌斯（Aufidius）讲到罗马人对被放逐的科利奥兰纳斯的感情时，这位伏尔斯人的大将不得不承认：

> 我想他对于罗马，
>
> 就像白鹭对于鱼类一样，
>
> 天性中自有一种使人俯首就范的力量。①

---

① 《科利奥兰纳斯》，第四幕，第七场，第33行（朱生豪译）。（此处原文为：as is the osprey to the fish，直译应为："如同鹗之于鱼类一样"。白鹭与鹗并非同一种鸟，应为误译，但二者均以鱼类为食。——译者注）

这句诗让人感到,诗人仿佛曾经亲眼见过鹗像箭一般地扎进英国南部某个清澈的湖里或水塘里,一下子就把一条毫无防备的鱼牢牢抓住。那条鱼是它那锐利的眼睛在空中就已经发现了的。

秃鹫

The VULTURE

秃鹫在莎翁作品中被提及的频率很高,但它并不是英国本土鸟类,只是偶尔会在迁徙途中路过英国。诗人极有可能从来没有见过这种鸟,他对该鸟的引用显然是基于它贪婪无度的名声,还有关于普罗米修斯和鹰的传说。在一个片段里,一个人物说道:"你的内心不可能驻着那样贪婪的秃鹫,能吞下这么多的美味珍馐。"① 在他的长

---

① 《麦克白》,第四幕,第三场,第73行。(此引文出现在麦克德夫和马尔康的对话中,原文为: there cannot be that vulture in you to devour so many。朱生豪的译文为:"无论您怎样贪欢好色,也应付不了这许多求荣献媚的娇娥。"为突出本文对秃鹫这一鸟类的着重强调,此处为译者自译,采取了直译的方式。——译者注)

CINEREUS VULTURE.
Vultur cinereus. (Linn.)

禿鷲

诗中，则出现这样的表达："贪似鹰鹯的欲望"，"莽撞如饿鹰"。① 大话连篇的毕斯托尔（Pistol）最得意的一句话是："让饿鹰把他的肺抓了去吧！"② 威廉·路西（William Lucy）爵士也说到"悖逆的鹫鸟啄食大将的胸膛"③。在《泰特斯·安德洛尼克斯》里，出现了"那咬啮着内心的秃鹫"④。但是，在关于秃鹫的所有引用中，最打动人的是李尔王的那场戏。被高纳里尔的无情寡义伤透了心的李尔王一边用手按住胸口，一边向着她的妹妹悲号道：

啊，里根！她的无情的凶恶
像饿鹰的利喙一样猛啄我的心。⑤

---

① 《维纳斯与阿都尼》，第551行（张谷若译）；《鲁克丽丝受辱记》，第556行。（后者原文为"vulture folly"，现有译文均为意译，比如，杨德豫此句的译文为："这淑女惨痛的神情，更使他急于一逞。"为符合上下文对鸟类的突出讨论，此处译者采用直译。——译者注）
② 《亨利四世下篇》，第五幕，第三场（朱生豪译）。——译者注
③ 《亨利六世上篇》，第四幕，第三场，第47行（章益译）。
④ 《泰特斯·安德洛尼克斯》，第五幕，第二场（朱生豪译）。——译者注
⑤ 《李尔王》，第二幕，第四场，第132行（朱生豪译）。

鹦鹉和鸵鸟

The PARROT and the OSTRICH

  莎士比亚经常提到的两种来自异域的鸟也值得讨论一下——鹦鹉和鸵鸟。在莎士比亚的时代，关于旧大陆和新大陆的无数次发现之旅使鹦鹉成为英格兰地区常见的鸟。它那高亢刺耳的喧叫声、温顺驯服的性情、超强的模仿人类语言的能力，最重要的是，它那少得可怜的词汇——这一切都必然会被我们的剧作家注意到。在一场戏里，我们被告知福斯塔夫是如何高兴得"他的头被抓得像只鹦鹉"[①]，在另一场戏里，一位女士宣称她的忌妒将会令她"比下雨前的鹦鹉格外吵闹"[②]。我们还听说，

---

① 《亨利四世下篇》，第二幕，第四场，第249行（朱生豪译）。
② 《皆大欢喜》，第四幕，第一场，第134行（朱生豪译）。

有的人老是眯着眼睛笑,

好像鹦鹉见了吹风笛的人一样。①

还有一位轻率的军官,在醉酒的迷乱中他会"胡言乱道!吵架!吹牛!赌咒!跟自己的影子说些废话!"②我们也不要忘了在依斯特溪泊的野猪头酒店里的那位酒保,他对任何招呼他的人都只用两个词作答——"就来,先生"。快乐的亲王这样描述他,同时捎带着对女性的俏皮打趣:"这家伙会讲的话,还不及一只鹦鹉那么多,可是他居然也算是一个妇人的儿子!"③鹦鹉还有一个名字叫鹦哥(Popinjay),经常被用来指代虚荣浮夸的纨绔子弟。在《亨利四世》里,霍茨波(Hotspur)就用了这个词义。他提到

一个衣冠楚楚的大臣,打扮得十分整洁华丽,

仿佛像个新郎一般;他的颔下的胡子新薙不久,

那样子就像收获季节的田亩里留着一株株割剩的断梗。

……

那时我刨血初干,遍身痛楚,

这饶舌的鹦鹉却向我缠扰不休,

因为激于气愤,不经意地回答了他两句,自己也记不起

---

① 《威尼斯商人》,第一幕,第一场,第52行(朱生豪译)。
② 《奥瑟罗》,第二幕,第三场,第270行(朱生豪译)。(原剧中"胡言乱道"用的是"speak parrot"。——译者注)
③ 《亨利四世上篇》,第二幕,第四场,第95行(朱生豪译)。

来说了些什么话。①

这个词也被用来表示射击比赛中用作射击靶标的鸟类填充标本或者其他的标志物。这一箭术运动在苏格兰地区得以保留，或者说最近才刚刚被废止。司各特（Scott）在《清教徒》一书中对这一运动有所描述。我自己曾经参加过基尔温宁举办的"鹦哥"夏日节。据说该节日源自1488年，一直持续至今。在那里，鸟的标本是被悬挂在一根柱子顶端，柱子则被固定在一个离地面高达100英尺的尖塔上。

鸵鸟（Ostrich/Estridge）在伊丽莎白统治时期的英格兰无疑是一种不常见的鸟，虽然它的羽毛已经颇负盛名。当霍茨波询问起"那个善于奔走、狂野不羁的威尔士亲王"和他的同伴时，理查·凡农（Richard Vernon）爵士告诉他，他们

> 一个个顶盔带甲、全副武装，
> 就像一群展翅风前羽毛鲜明的鸵鸟，
> 又像一群新浴过后喂得饱饱的猎鹰；
> 他们的战袍上闪耀着金光，就像一尊尊庄严的塑像。②

在所有关于这种鸟的奇闻怪谈中，有一个说法是，它会为了健康的

---

① 《亨利四世上篇》，第一幕，第三场，第33—52行（朱生豪译）。
② 《亨利四世上篇》，第四幕，第一场，第97行（朱生豪译）。

需要吞吃铁质的东西。杰克·凯德（Jack Cade）在艾登氏花园里的挑衅就提到了这一说法。他对老实的花园主人虚张声势地宣称：

  在你我分手之前，我要叫你像鸵鸟一样把铁吃下肚去，把我的宝剑像长针一般吞下。①

---

① 《亨利六世中篇》，第四幕，第十场，第27行。（原文为：I'll make thee eat iron like an ostrich, and swallow my sword like a great pin, ere thou and I part。多种译文对此段均采用了意译，为突出本文关于鸵鸟吃铁这一内容的讨论，此处本书译者采用直译方式。章益译文："可是在你我分手以前，我要叫你先吃我一刀。"——译者注）

PHALACROCORAX CARBO.

普通鸬鹚

鸬鹚、鹈鹕与潜鸟

The CORMORANT, the PELICAN, and the LOON

莎士比亚以轻蔑的态度提到三种大型水鸟——鸬鹚、鹈鹕、潜鸟。鸬鹚在我们怪石嶙峋的海岸沿线大名鼎鼎,它被乔叟描述成"一心贪吃",我们的剧作家也把它当作贪得无厌的符号、饕餮的代名词。于是,虚荣心被描述成"一个不知餍足的饕餮者"[1];我们被告知"饕餮的时间吞噬着一切",还有那"饕餮的肚子"[2],以及

---

[1] 《理查二世》,第二幕,第一场,第38行(朱生豪译)。(原文为"insatiate cormorant"。——译者注)
[2] 《爱的徒劳》,第一幕,第一场,第4行;《科利奥兰纳斯》,第一幕,第一场,第119行(朱生豪译)。(两处原文分别为:cormorant devouring Time,cormorant belly。——译者注)

> 荣誉上的污辱，时间上的损失，人力物力的消耗，将
> 　士的伤亡，
> 以及充填战争欲壑所消费的一切……①

莎士比亚剧中对鹈鹕的引用与一个民间寓言密切相关：据说这种鸟会用自己的鲜血滋养幼鸟。在《哈姆莱特》中，雷欧提斯（Laertes）对他父亲的朋友们确认了这一点：

> 我愿意张开我的手臂拥抱他们，
> 像舍身的鹈鹕一样，
> 把我的血供他们畅饮。②

当李尔在暴风雨肆虐的荒野中遇见茅屋中装疯的爱德伽（Edgar）时，无论人们怎样劝说，他都认定这个可怜人正是因为不孝的女儿才沦落到这种田地的。他向肯特（Kent）问道：

> 难道被弃的父亲，
> 都是这样一点不爱惜他们自己的身体的吗？
> 适当的处罚！谁叫他们的身体产下

---

① 《特洛伊罗斯与克瑞西达》，第二幕，第二场，第 6 行（朱生豪译）。（此处"战争欲壑"在原文中的用词是"this cormorant war"。——译者注）
② 《哈姆莱特》，第四幕，第五场，第 142 行（朱生豪译）。

那些枭獍般的女儿来？①

"潜鸟"（Loon/ Lown）一词被诗人用来指代流氓或者无耻之徒。一个带来坏消息的仆人被麦克白叫作"脸色惨白的傻鸟"②。在《泰尔亲王配力克里斯》这部剧里，我们听说光顾妓院的客人可以包括"君子与流氓"③。在《奥瑟罗》里，伊阿古（Iago）唱了一首北方民谣，那里边也出现了这个词：

英明天子斯蒂芬，
做条裤子五百文；
硬说多花钱六个，
就把裁缝骂一顿。④

"潜鸟"是对三种各不相同的水鸟家族的通用俗称，三种鸟都因为在陆地上走路的笨拙步态而格外引人注目。这个词究竟是先以讥讽之意用在人身上然后才转用到这些鸟身上，还是本来就是这些鸟

---

① 《李尔王》，第三幕，第四场，第71行（朱生豪译）。（"枭獍般的女儿"的原文是"those pelican daughters"。——译者注）
② 《麦克白》，第五幕，第三场，第11行。（原文为"cream-faced loon"，朱生豪译文为"脸色惨白的狗头"。——译者注）
③ 《泰尔亲王配力克里斯》，第四幕，第六场，第17行。（原文为"both lord and lown"。"lown"为"loon"的变体。朱生豪译文为"上下三等的人"。——译者注）
④ 《奥瑟罗》，第二幕，第三场，第82行（朱生豪译）。（原文中引文的最后一句是：With that he called the tailor lown。——译者注）

卷羽鹈鹕

的通用称谓后来才用来描述人的，不得而知。更有可能的是，鸟是这个名字的最先拥有者，而且它可能隶属于一组类似的鸟类名称，这些名字后来都变成了关于人的带有侮辱性的绰号，包括鹅、鹬、鸢、鹰等等。在林肯郡，"潜鸟"是凤头䴙䴘的常用名。尽管在日常英语中该词作为"流氓"的代名词的用法已被淘汰，但在苏格兰地区，这一用法还很常见①。

---

① 因此，在苏格兰民歌《犄角弯弯的母羊》（*Ewie wi' the crooked horn*）里，做坏事的恶棍受到这样的咒骂："只要让我抓到那坏蛋，/我发誓要给他好看，/管他牧师让不让/我非要把他脖子扭断。"

STRIX FLAMMEA, Linn.

仓鸮

猫头鹰

The OWL

猫头鹰在莎士比亚的鸟类引用中占据重要位置。他并未严格区分这一名称所指代的大家族中可能包含的不同成员,但是他却区别了它们几种不同的叫声。他通过引入猫头鹰独特的叫声来渲染黑夜的阴森可怖,特别是当某种邪恶的阴谋正在秘密进行的时候,或者是作为一种民间公认的预示灾难降临的征兆。莎士比亚还把猫头鹰的叫声放进了那个被他描画得无比逼真的童话世界。不妨引用几个包含这些不同用法的作品为例。

据说,在格洛斯特郡,至今仍流传着一个很久以前就和猫头鹰联系在一起的传说,而这个传说我们伟大的剧作家一定听说了。他把它用在奥菲利娅(Ophelia)因父亲的暴死而变得疯癫的那场戏。

在她不知所云的疯话里，突然冒出来这么一句："他们说猫头鹰是一个面包师的女儿变成的。"①这里的典故是这样的：有一天，主耶稣走进了一家面包房，想要一点面包。面包房老板的女儿非常不情愿地给了他很少的一点。为此，她被基督变成了猫头鹰。在民间一直有一种认识，觉得猫头鹰身上有一种非常诡异、神秘的氛围。

在莎翁的长诗当中，夜幕是这样被描述的：

> 你瞧，人间的安慰者太阳，已脚步疲劳，
> 在西方把他一天炎热的工作结束了；
> 夜的先行夜猫也尖声叫；天已经不早；
> 牛和羊都已经进了圈，众鸟也都归了巢。②

波林勃洛克在葛罗斯特公爵宅邸花园中念咒作法的时辰必须满足这样的条件：

> 深夜里，黑夜里，静悄悄的夜里，特洛亚城被火烧的
>   半夜里；
> 枭鸟叫唤的时刻，獒犬狂吠的时刻，

---

① 《哈姆莱特》，第四幕，第五场，第 40 行（朱生豪译）。
② 《维纳斯与阿都尼》，第 529 行（张谷若译）。

幽灵出来游荡、鬼魂从坟墓里钻出来的时刻。①

在一个关于冬天的描写里，猫头鹰也被派上了用场：

> 当怒号的北风漫天吹响，
> 　　咳嗽打断了牧师的箴言，
> 鸟雀们在雪里缩住颈项，
> 　　玛利恩冻得红肿了鼻尖，
> 炙烤的螃蟹在锅内吱喳，
> 大眼睛的鸱鸮夜夜喧哗：
> 　　哆呵！
> 哆喊，哆呵！它歌唱着欢喜，
> 当油垢的琼转她的锅子。②

诗人提到了"枭鸟在夜间懒洋洋地飞着"③，还有"吃田鼠的鸱鸮"④那肆意掠夺的习性。通过引入对这种鸟的描写，他增加了《麦克白》悲剧中黑夜场景的慑人力量。当麦克白夫人独自一人警惕地等待着

---

① 《亨利六世中篇》，第一幕，第四场，第16行（章益译）。（译文中的"枭鸟"即猫头鹰，是中国古代对猫头鹰的叫法，此外还有"夜枭"、"鸱鸮"等名称。——译者注）
② 《爱的徒劳》，第五幕，第二场，第899行（朱生豪译）。
③ 《亨利六世下篇》，第二幕，第一场，第130行（章益译）。
④ 《麦克白》，第二幕，第四场，第13行（朱生豪译）。

暗杀行为的实施时，她听到一个声响，立刻紧张地惊叫起来：

> 听！不要响！
> 这是夜枭在啼声，它正在鸣着丧钟，
> 向人们道凄厉的晚安。①

她的丈夫也是一样地不安。在干完那事之后，他一回到她的身边就问："你有没有听见一个声音？"她答道："我听见枭啼和蟋蟀的鸣声。"第二天早上，在可怕的消息还没有传开的时候，就有人说，在狂风暴雨之中，

> 黑暗中出现的凶鸟
> 整整地吵了一个漫漫的长夜。②

猫头鹰在白天出现的情况极为罕见，因此更容易被当成不祥的征兆。在裘力斯·凯撒（Julius Caesar）遇害前发生的所有征兆中，据说有这么一桩：

> 昨天正午的时候，
> 夜枭栖在市场上，

---

① 《麦克白》，第二幕，第二场，第2—4行（朱生豪译）。
② 《麦克白》，第二幕，第三场，第57行（朱生豪译）。

发出凄厉的鸣声。①

当已经意识到敌人有所图谋的理查二世被要求到阶下去会见波林勃洛克时，他发出了这样的哀叹：

在阶下？下来？下来吧，国王！
因为冲天的云雀的歌鸣，已经被夜枭的叫声所代替了。②

猫头鹰的尖叫声、呼号声经常被看作死亡的暗示。在小仙人迫克（Puck）所罗列的夜幕下的各种声音中，他讲道：

火把还留着残红，
鸱鸮叫得人胆战，
传进愁人的耳中，
仿佛见殓衾飘飏。③

甚至在婴儿诞生的时候，这种鸟的叫声也被当作不祥之兆。亨利六世对葛罗斯特说：

---

① 《裘力斯·凯撒》，第一幕，第三场，第 26 行（朱生豪译）。
② 《理查二世》，第三幕，第三场，第 182 行（朱生豪译）。
③ 《仲夏夜之梦》，第五幕，第一场，第 364 行。（原剧中，第五幕只有一场，朱生豪译本把从迫克的歌开始的这一部分划分为第二场。——译者注）乔叟提到猫头鹰时说："有枭鸟，预卜着死亡。"《众鸟之会》，第 343 行（方重译）。

> 你出世的时候，枭鸟叫唤，那就是一个恶兆，
> 夜鸦悲啼，预示着不祥的时代。①

在其所有的神秘关系中，猫头鹰据信与一些巫术手段有关。不要忘了，在麦克白的"夜游的妖婆子"炼制毒蛊所用的五花八门的原料里，就包括"蜥蜴之足枭之翅"②。

莎士比亚把猫头鹰引入他那奇妙仙境是颇具匠心的一笔，因为这样就把这种家喻户晓却又有些神秘的鸟和他的精灵世界联系起来，为那个世界平添了几分现实感。同样，在《暴风雨》和《温莎的风流娘儿们》里，我们也可以见到这样的结合。"可爱的爱丽儿（Ariel）"——普洛斯彼罗（Prospero）的"足智多谋的精灵"——唱到：

> 蜂儿吮啜的地方，我也在那儿吮啜；
> 在一朵莲香花的冠中我躺着休息；
> 我安然睡去，当夜枭开始它的呜咽。③

当仙后提泰妮娅（Titania）打发小仙侍从们带着各自的任务分别散去的时候，她布置了这样一项任务：

---

① 《亨利六世下篇》，第五幕，第六场，第44行（章益译）。
② 《麦克白》，第四幕，第一场，第17行（朱生豪译）。
③ 《暴风雨》，第五幕，第一场，第88行（朱生豪译）。

剩下的去驱逐

每夜啼叫、看见我们这些伶俐的小精灵们而惊骇的

 猫头鹰。①

  猫头鹰和超自然神灵有关的民间传说在《错误的喜剧》里也被提到了。大德洛米奥（Dromio）被小德洛米奥和大、小安提福勒斯（Antipholus）的混乱完全弄昏了头。他惊呼道：

这儿是妖精住的地方，

我们在和些山精木魅们说话，

要是不服从她们，

她们就要吮吸我们的血液，或者把我们身上拧得一块

 青一块紫的。②

---

① 《仲夏夜之梦》，第二幕，第二场，第 5 行（朱生豪译）。
② 《错误的喜剧》，第二幕，第二场，第 188 行（朱生豪译）。（原文前两句是：This is the fairy-land: O land of spites! /We talk with goblins, owls and spites。——译者注）

CUCULUS CANORUS, Linn.

大杜鹃

杜鹃/布谷鸟

The CUCKOO

　　杜鹃在莎士比亚那里得到的关注几乎和猫头鹰一样多。在《爱的徒劳》结尾处那首欢快的歌里，两种鸟都出现了，一个象征春天，另一个象征冬天。

> 当杂色的雏菊开遍牧场，
> 蓝的紫罗兰，白的美人衫，
> 还有那杜鹃花吐蕾娇黄，
> 描出了一片广大的欣欢，
> 听杜鹃在每一株树上叫，
> 把那娶了妻的男人讥笑；

咯咕！咯咕！咯咕！①

在《仲夏夜之梦》里，波顿（Bottom）的歌把布谷鸟描述成"灰衣服的杜鹃唱着平淡的歌"②，仿佛它的音乐和它的外套颜色一样无趣。当鲍西娅（Portia）从她那难忘的威尼斯之行回到家中的时候，正在急切地等着她的罗兰佐（Lorenzo）对杰西卡（Jessica）说：

> 要是我没有听错，
> 这分明是鲍西娅的声音。

鲍西娅听到他的声音后对尼莉莎（Nerissa）说：

> 我的声音太难听，
> 所以一下子就给他听出来了，正像瞎子能够辨认杜鹃
> 　　一样。③

---

① 《爱的徒劳》，第五幕，第二场，第881行（朱生豪译）。（此处作者只引用了有布谷鸟出现的"春之歌"，"冬之歌"在前面已有引用。——译者注）
② 《仲夏夜之梦》，第三幕，第一场，第122行。原文为"the plain-song cuckoo gray"，朱生豪译文为"还有杜鹃爱骂人，/大家听了心头恼"。译文突出了杜鹃在英语文化中的隐喻含义，即因其把鸟蛋产到他鸟巢中，故用以比喻奸夫，"cuckold"一词由此而来，但后转意用于奸妇本夫的代名词，接近中文的"王八"，因此会令听到杜鹃歌声的男人心神不安。但该译文未能反映原文中"plain"与"gray"的对应关系，而为突出这一关系，故此处译者采取直译。——译者注
③ 《威尼斯商人》，第五幕，第一场，第110行（朱生豪译）。

随着夏天的推进，布谷鸟的歌声已经变成了熟悉的曲调，也就不再像四月份刚出现时那么引人注目。亨利四世在批评儿子行为不够检点时，就运用了这一观察。他把威尔士亲王的行为和前朝那个"举止轻浮的国王"相比，说后者失去了臣民的尊重，而且

> 就像六月里的杜鹃鸟一般，
> 人家都对他抱着听而不闻的态度。①

杜鹃把蛋下到别人家的巢里的习惯很自然地成为莎剧的重要话柄。我们被告知，"杜鹃不会自己筑巢"②，诗人还提出了一串到现在也没有答案的问题：

> 为什么有害的蛀虫要凌犯纯贞蓓蕾？
> 为什么可憎的杜鹃孵化在麻雀巢内？③

单单杜鹃的名字就可以用来表示批评和不满。就像福斯塔夫在反驳威尔士亲王对他的一再取笑时，把他叫作"你这呆鸟"④。

---

① 《亨利四世上篇》，第三幕，第二场，第75行（朱生豪译）。
② 《安东尼与克莉奥佩特拉》，第二幕，第六场，第28行（朱生豪译）。
③ 《鲁克丽丝受辱记》，第848行（杨德豫译）。
④ 《亨利四世上篇》，第二幕，第四场，第343行（朱生豪译）。（原文为"Ye cuckoo"。——译者注）

丘鹬

The WOODCOCK

可想而知，猎禽在莎剧中占有一席之地，就如同猎捕它们的猛禽占有一席之地一样。譬如，丘鹬的名字就被提到了九次，一般都是和捕鸟的夹子或圈套连在一起，这些都是那个时候用来捕捉丘鹬的工具。当说到某种用来捉人或骗人的诡计或圈套时，丘鹬也会出现。比如，当约克公爵被玛格丽特（Margaret）王后和她的大臣们捉住，挣扎着想要挣脱他们的控制的时候，他又被两个大臣讥讽了一番。克列福（Clifford）对他说：

得啦，得啦，这好比是山鹬想逃出陷阱。

诺森伯兰（Northumberland）也在一旁添油加醋：

> 又好比野兔想挣脱网罗。①

在被父亲追问哈姆莱特与她的关系时，奥菲利娅告诉他，王子是如何

> 差不多用尽一切指天誓日的神圣的盟约，
> 证实他的言语。

对此，波洛涅斯（Polonius）毫不客气地打断说：

> 嗯，这些都是捕捉愚蠢的山鹬的圈套。②

同样，在愚弄马伏里奥的那场戏里，当这位管家从地上捡起信时，一直和托比爵士躲在一边观察他的一举一动的费边说道：

> 现在那蠢鸟走近陷阱旁边来了。③

---

① 《亨利六世下篇》，第一幕，第四场，第61行（章益译）。（"山鹬"为"丘鹬"之旧译。——译者注）
② 《哈姆莱特》，第一幕，第三场，第115行（朱生豪译）。
③ 《第十二夜》，第二幕，第五场，第77行（朱生豪译）。

SCOLOPAX RUST

丘鷸

雉 / 野鸡

The PHEASANT

    雉只被莎士比亚提到过一次,而且是以一种非常滑稽的方式。在《冬天的故事》里,牧人和小丑在去见国王的路上撞上了奥托里古斯,他们之间发生了这样一段对话:

    奥托里古斯:我命令你们把你们的事情说出来。
    牧人:大爷,我是去见国王的。
    奥托里古斯:你去见他有什么脚路呢?
    牧人:请您原谅,我不知道。
    小丑:脚路是一句官话,意思是问你有没有野鸡送上去。你说没有。

牧人：没有，大爷；我没有野鸡，公的母的都没有。

奥托里古斯：我们不是傻瓜的人真幸福！

可是谁知道当初造物不会把我也造成他们这种样子？

因此我也不要瞧不起他们。①

---

① 《冬天的故事》，第四幕，第四场，第727行（朱生豪译）。（在朱生豪译本中，第四幕第一场被译为"引子"，因此原文第四场在译本中为"第三场"。——译者注）

山鹑

The PARTRIDGE

我们注意到山鹑在莎剧里被提到过两次,一次是作为猎禽出现在鹞鹰的巢里,我们在前面已经引用过[①],第二次便是贝特丽丝(Beatrice)和培尼狄克在化装舞会上斗嘴的那场戏。贝特丽丝假装没有认出培尼狄克,竭尽挖苦讽刺之能事对他大加嘲讽,最后还讥笑说,如果他听见她说的这一切,

> 他听见了顶多不过把我侮辱两句;要是人家没有注意到他的话,或者听了笑也不笑,他就要郁郁不乐,这样就

[①] 指在"鸢"的一节提到过。在该引文中,"partridge"一词被译为"鹧鸪"。——译者注

可以有一块鹧鸪的翅膀省下来啦,因为这傻瓜会气得不吃晚饭的。①

---

① 《无事生非》,第二幕,第一场,第128行(朱生豪译)。(鹧鸪属山鹑的一种。——译者注)

矶 鹬

鹬

The SNIPE

鹬只被提到过一次,而且它的名字被当作含有侮辱意味的绰号。在结束了和那位"被骗的绅士"罗德利哥(Rodrigo)的会面以后,伊阿古发表了一段独白,明确表达了他对罗德利哥的不屑:

> 倘不是为了替自己解解闷,打算占些便宜,
> 那我浪费时间跟这样一个呆子周旋,那才冤枉哩,
> 那还算得什么有见识的人。①

---

① 《奥瑟罗》,第一幕,第三场,第379行(朱生豪译)。在莎士比亚时代,这种鸟也被称为"snite"。(原文中"呆子"一词用的是"such a snipe"。——译者注)莎士比亚同时代的诗人德雷顿(Michael Drayton, 1563—1631年。——译者注)曾以此名提到过该鸟。他写道:"呆头呆脑的丘鹬和他的邻居沙锥鹬"。在英国北方,"鹬"被当作一个贬义词来形容人的用法并没有完全消失。

鹌鹑

The QUAIL

同样，鹌鹑被用在两部讲述古希腊罗马的历史剧里。安东尼（Antony）把自己的命运和奥克泰维斯·凯撒（Octavius Caesar）相比较之后，不得不承认：

> 就是骰子也会听他的话；
> 我们在游戏之中，虽然我的技术比他高明，
> 总敌不过他的手风顺利；
> 抽签的时候，总是他占便宜；

鹌鹑

无论斗鸡斗鹑，他都能够以弱胜强。①

而忒耳西忒斯（Thersites）是这样轻蔑地谈论一位了不起的勇士的：

还有那个阿伽门农，人倒很老实，他也很爱玩鹌鹑，可是他的头脑总共还不过像耳屎那么一点点。②

这两段引文中的所指，好像都是在说一种像训练斗鸡那样训练鹌鹑打架的活动。

---

① 《安东尼与克莉奥佩特拉》，第二幕，第三场，第34行（朱生豪译）。
② 《特洛伊罗斯与克瑞西达》，第五幕，第一场，第48行（朱生豪译）。

VANELLUS CRISTATUS.

凤头麦鸡

麦鸡

The LAPWING

对麦鸡的引用说明剧作家熟知这种鸟的一些特性。雄鸟利用伪装把路人从他的巢引开的策略就用在了下面的台词里：

> 正像野鸟离窝很远故意叫喳喳，
> 我嘴里骂他，心头上却把他思恋。①

在《无事生非》里，当朋友们设下圈套想要让贝特丽丝接受培尼狄

---

① 《错误的喜剧》，第四幕，第二场，第27行（朱生豪译）。当乔叟写到"假惺惺的鬼，一肚子的鬼计"时，他心里想的就是这种伪装的本能。《百鸟之会》，第347行（方重译）。

克做她的爱人时,密谋者们看到她"躲在金银花藤的浓荫下面",希罗(Hero)催促道:

> 现在开始吧;
> 瞧贝特丽丝像一只田凫似的,
> 缩头缩脑地在那儿听我们谈话了。①

在《一报还一报》里,路西奥(Lucio)——那个满嘴油腔滑调的纨绔子弟——反省道:

> 我常犯的错,
> 就是好跟姑娘们打情骂俏,就像那麦鸡一样,
> 口心不一。②

---

① 《无事生非》,第三幕,第一场,第 23 行(朱生豪译)。("田凫"为"麦鸡"之旧译。——译者注)
② 《一报还一报》,第一幕,第四场,第 31 行。(剧中原文是:'Tis my familiar sin,/With maids to seem the lapwing, and to jest, /Tongue far from heart。朱生豪译文为:"我惯爱跟姑娘们搭讪取笑,乱嚼舌头。"为保持上下文内容一致,此处译者采取直译。——译者注)

野鸭 / 绿头鸭

The WILD DUCK/MALLARD

野鸭或绿头鸭被莎士比亚用作懦弱和惧内的象征。当福斯塔夫在没有亲王和波因斯（Poins）的帮助下成功抢劫了公路上的旅客后，他大声宣称：

> 亲王和波因斯倘不是两个大大的懦夫，这世上简直没有公道了。那波因斯是一只十足的没有胆量的野鸭。[①]

在人们描述克莉奥佩特拉（Cleopatra）在阿克兴战役中逃亡的情形时，

[①] 《亨利四世上篇》，第二幕，第二场，第95行（朱生豪译）。

她的罗马爱人的行踪也得到了关注:

> 那被她迷醉得英雄气短的安东尼
> 也就无心恋战,像一只痴心的水凫一样,
> 拍了拍翅膀飞着追上去。①

---

① 《安东尼与克莉奥佩特拉》,第三幕,第十场(朱生豪译)。(在朱生豪译本中,此为第八场。——译者注)

绿头鸭

AS BOSCHAS, Linn

凤头䴙䴘

小䴘鹛

The DABCHICK/DIVE DAPPER/LITTLE GREBE

　　小䴘鹛在《维纳斯与阿都尼》里的一首精美的小诗里得到了刻画。这首诗把这种鸟描写得活灵活现，栩栩如生，就像在我们国家的无数溪流或湖泊里见到的那样，甚至在人造水域里也能见到，比如圣詹姆斯公园里的那些人造湖①。下面这段描写了维纳斯"举着她那永远纤柔、白嫩的手作证"，向那铁石心肠的凡人小伙发表爱情宣言之后，小伙的反应：

　　　　他听她作了这样誓词，便把下颏仰起。

---

① 圣詹姆斯公园（St. James Park）位于白金汉宫对面，原为圣詹姆斯宫的鹿苑，又有"野鸭园"之称，是市民与游客最佳小憩休闲的地方。——译者注

但他正要把她所求的东西勉强赐给,
却像鸊鹈在水里那样,稍一探头窥伺,
看见有人瞭望,就又一下钻回了水底。①

---

① 《维纳斯与阿都尼》,第85行(张谷若译)。

乌鸦

The CROW

乌鸦家族在莎剧中得到了充分呈现。渡鸦是其中重要的一种，关于它的引用随处可见，效果突出。这种鸟通体乌黑，甚至包括喙和爪，这使它的名字变成了一个俗语，专门表示大自然中一种程度最深的黑。在一首十四行诗中，诗人这样写道：

> 在远古的时代黑并不算俊秀，
> 即使算，也没有把美的名挂上；
> 但如今黑既成为美的继承人，
> ……

CORVUS CORAX, Linn.

渡鸦

所以我情妇的头发黑如乌鸦。①

当朱丽叶独自一人站在花园里等待她的恋人的时候,她用可以理解的夸张词句不加掩饰地表达了对爱人的思念:

来吧,黑夜!来吧,罗密欧!来吧,你黑夜中的白昼!
因为你将要睡在黑夜的翼上,
比乌鸦背上的新雪还要皎白。②

渡鸦的乌黑和鸽子的洁白恰成对比,这给拉山德(Lysander)提供了绝佳的意象。他被好搞恶作剧的迫克施了魔法,错误地以为自己爱上了海丽娜(Helena):

我不爱赫米娅,我爱的是海丽娜;
谁不愿意把一只乌鸦换一头白鸽呢?③

长久以来,渡鸦就担着一种坏名声,认为它不仅杀害小动物,而且会像乌鸦和鸢一样,坐等比它体型大但因伤病而羸弱将死的动物,伺机发起进攻。于是,我们读到这样的句子:

---

① 《十四行诗》,第127首(梁宗岱译)。
② 《罗密欧与朱丽叶》,第三幕,第二场,第17行(朱生豪译)。
③ 《仲夏夜之梦》,第二幕,第二场,第113行(朱生豪译)。

广大的混乱正在等候着

霸占的威权的迅速崩溃，

正像一只饿鸦眈眈注视着濒死的病兽一般。①

更为不公的是，渡鸦被冠之以性情残暴的名声——这种品质有时被莎士比亚用来描述一些外表看似温柔善良，实际上心狠手辣的人，这种人被称为拥有"白鸽的外貌乌鸦的心肠"②。朱丽叶把这个比喻进一步渲染：

美丽的暴君！天使般的魔鬼！

披着白鸽羽毛的乌鸦！豺狼一样残忍的羔羊！

圣洁的外表包覆着丑恶的实质！③

不过，也有一种说法，认为渡鸦会表现出与其外表截然相反的品质：

乌鸦常常抚育被遗弃的孤雏，

却让自己的小鸟在巢中挨饿。④

在《皆大欢喜》里，渡鸦出现在一次《圣经》典故的引用中。

---

① 《约翰王》，第四幕，第三场，第152行（朱生豪译）。
② 《第十二夜》，第五幕，第一场，第125行（朱生豪译）。
③ 《罗密欧与朱丽叶》，第三幕，第二场，第75行（朱生豪译）。
④ 《泰特斯·安德洛尼克斯》，第二幕，第三场，第153行（朱生豪译）。

当忠心耿耿的老亚当（Adam）把自己辛苦一辈子攒下的养老钱塞给奥兰多（Orlando）的时候，他用这样的祷告安慰自己：

> 上帝既然给食物与乌鸦，
> 也不会忘记把麻雀喂饱的，
> 我这一把年纪，就悉听他的慈悲吧！①

但是，关于这种鸟，莎士比亚用得最多的还是它所谓的预示不祥的能力。它被称为"死亡之鸟"。一个传递坏消息的使者被说成"用乌鸦的调子"②叫唤。当奥瑟罗听凭伊阿古阴险地把第一颗猜忌的种子播种到他心田的时候，他大叫道：

> 啊！它笼罩着我的记忆，
> 就像预兆不祥的乌鸦在染疫人家的屋顶上回旋一样。③

同样，当苏格兰国王正在前往殷佛纳斯城堡的路上时，我们从麦克白夫人那里听到这样不祥的话语：

> 报告邓肯走进我这堡门来送死的乌鸦，

---

① 《皆大欢喜》，第二幕，第三场，第43行（朱生豪译）。
② 《亨利六世中篇》，第三幕，第二场，第43行（章益译）。——译者注
③ 《奥瑟罗》，第四幕，第一场，第20行（朱生豪译）。

CORVUS CORONE, Linn.

小嘴乌鸦

它的叫声是嘶哑的。①

在乌鸦这个总称下面，莎士比亚似乎把小嘴乌鸦（Carrion Crow）、冠鸦（Hooded Crow）、秃鼻乌鸦（Rook）归为一类，不过，最后这种鸦在麦克白跟妻子描述夜色时是被明确地区分开的。他这样说：

天色在朦胧起来，
乌鸦都飞回到昏暗的林中。②

跟渡鸦一样，乌鸦也经常和纯洁与洁白形成对比。于是，在一个惊人的比喻里，我们读到：

美丽的无上的装饰就是猜疑，
像乌鸦在最晴朗的天空飞翔。③

有时候，这种对比也可以反其道而用之，就像罗密欧第一次遇见朱丽叶时发出的惊叹：

---

① 《麦克白》，第一幕，第五场，第35行（朱生豪译）。
② 《麦克白》，第三幕，第二场，第50行（朱生豪译）。（此处原文是：Light thickens, and the crow / Makes wing to the rooky wood。"rooky wood"即指秃鼻乌鸦栖息的林子。这点在朱生豪译本中未能体现。——译者注）
③ 《十四行诗》，第70首（梁宗岱译）。

> 她是天上明珠降落人间！
> 瞧她随着女伴进退周旋，
> 像鸦群中一头白鸽蹁跹。①

虽然乌鸦总是和白鸽形成对比，有时候另一种鸟也会被选中：

> 乌鸦可以在泥沼里，把一双黑翅膀洗刷，
> 沾染了泥浆飞走，污痕却难以发现；
> 若是雪白的天鹅，也来个依样照办，
> 它那素净的绒羽，就不免留下污斑。②

还有，当班伏里奥（Benvolio）劝说罗密欧和他一起去参加凯普莱特（Capulet）家的宴会时，他告诉罗密欧，他会在那里看到维洛那的绝色名媛，他的恋人罗瑟琳（Rosaline）就在其中。他还提醒罗密欧，"用着不带成见的眼光"去

> 把她的容貌跟别人比较比较，
> 你就可以知道你的天鹅不过是一只乌鸦罢了。③

---

① 《罗密欧与朱丽叶》，第一幕，第五场，第45行（朱生豪译）。
② 《鲁克丽丝受辱记》，第1009行（杨德豫译）。
③ 《罗密欧与朱丽叶》，第一幕，第二场，第86行（朱生豪译）。

红嘴山鸦

The CHOUGH

在莎士比亚时代,红嘴山鸦在我们这个岛上肯定比现在要更常见得多。今天,在英国的南部海岸多塞特海崖以东,我们认为这种鸟不会产蛋孵化。然而,三百年以前,红嘴山鸦似乎大量遍布肯特郡的多佛白崖。它曾经是一种很常见的英国鸟——这一点很容易从我们诗人作品的许多段落中推断出来。他描写的最为惊人的场景而且其中这种鸟扮演了重要角色的,是他对多佛白崖的描绘。其描绘如此生动形象,仿佛是亲身经历的场面:

把眼睛一直望到这么低的地方,真是惊心眩目!
在半空盘旋的乌鸦,

FREGILUS GRACULUS.

红嘴山鸦

瞧上去还没有甲虫那么大;山腰中间

悬着一个采金花草的人,可怕的工作!

我看他的全身简直抵不上一个人头的大小。

在海滩上走路的渔夫

就像小鼠一般,那艘碇泊在岸旁的高大的帆船

小得像它的划艇,它的划艇小得像一个浮标,

几乎看不出来。澎湃的波涛

在海滨无数的石子上冲击的声音,

也不能传到这样高的所在。[1]

在这里,鸟是用来帮助从崖顶目测悬崖的高度的,而有意思的是,在下面这段文字中,鸟却又被用作判断从下往上看的高度的标准:

抬起头来看一看吧;鸣声嘹亮的云雀飞到了那样高的
　所在,

我们不但看不见它的形状,也听不见它的声音。[2]

红嘴山鸦的生活习性对诗人来说一定不陌生,因为他选用这种

---

[1] 《李尔王》,第四幕,第六场(朱生豪译)。(译文中"乌鸦"原文是"crows and choughs"。——译者注)
[2] 同上书,第58行(朱生豪译)。

鸟来象征某个臣僚，据说"认识他是一件丢脸的事"：

> 他简直像个红嘴山鸦，"咯咯"叫起来就没完没了，可是——我方才也说了——他拥有大批粪土。①

红嘴山鸦那连续不断又一点也不动听的叫声多次被用来描述某些人的讲话方式，带有明显的贬义。在《暴风雨》中，当安东尼奥（Antonio）劝诱西巴斯辛（Sebastian）杀害忠诚的老臣贡柴罗（Gonzalo）时，他讲到，新政权

> 也总不会缺少
> 像这位贡柴罗一样善于唠叨说空话的大臣
> ——就是乌鸦我也能教它讲得比他有意思一点哩。②

在《终成眷属》的一个片段里，一群埋伏好的人策划着要讲一种稀奇古怪的语言，来捉弄那个虚荣浮夸的帕洛（Parolles）。他们一致赞

---

① 《哈姆莱特》，第五幕，第二场，第85行。（此处原文是：'Tis a chough, but, as I say, spacious in the possession of dirt。朱生豪译文中没有把鸟的名字译出，而是用其叫声衬托人物性格。为符合原著上下文需要，此处译者对前半句进行了修改。朱生豪译文："他'咯咯'叫起来简直没个完，可是——我方才也说了——他拥有大批粪土。" 此句所指人物是奥斯里克。——译者注）
② 《暴风雨》，第二幕，第一场，第254行（朱生豪译）。乔叟描述红嘴山鸦用的词是"盗贼"。

同，讲话要"尽管像老鸦叫似的，叽哩咕噜一阵子，越糊涂越好"①。在《仲夏夜之梦》里，当迫克向奥布朗（Oberon）讲述波顿顶着死驴的头壳回到村汉们当中后这些人的反应时，他打了一个比方，对猎枪在一个飞鸟聚集的山崖轰然响起所制造的效果做了精彩描述：

> 他们一看见了他，
> 就像雁子望见了蹑足行近的猎人，
> 又像一大群灰鸦听见了枪声轰然飞起乱叫、
> 四散着横扫过天空一样，
> 大家没命逃走了。②

与乌鸦家族的其他成员一起，红嘴山鸦被认为拥有超自然的预言能力和揭示隐秘行动的能力。麦克白邪恶的内心因这样的想法而恐慌：

> 据说石块曾经自己转动，树木曾经开口说话；
> 鸦鹊的鸣声里曾经泄露过阴谋作乱的人。③

---

① 《终成眷属》，第四幕，第一场，第19行（朱生豪译）。
② 《仲夏夜之梦》，第三幕，第二场，第19行（朱生豪译）。红嘴山鸦在和人的接触中可以驯化成一种伴侣动物。在阿德肯拉斯，法恩湾（Ardkinglas, Loch Fyne），诺布尔夫人曾经养了两只山鸦。它们是从爱尔兰带回来的，可以自由地飞到山里或者林间，但总会回到别墅来喂食，并在甬路上陪伴它们的女主人和她的客人们。它们甚至飞进房间里，停落在任何人伸出来的邀请它们的手上。
③ 《麦克白》，第三幕，第四场，第123行（朱生豪译）。

椋鸟

The STARLING

椋鸟只被莎士比亚提到过一次。那一次的引用说明,在他的时代,这种具有极强模仿力的鸟是真的被训练学说一些话的。性情火爆的霍茨波宣称,尽管国王不许他提起摩提默(Mortimer)的名字,他还是会

> 等他熟睡的时候,
> 在他的耳旁高呼,"摩提默!"
> 哼,
> 我要养一只能言的鹦鹉,
> 仅仅教会它说"摩提默"三个字,然后把这鸟儿送给他,

让它一天到晚激动他的怒火。①

紫翅椋鸟

---

① 《亨利四世上篇》,第一幕,第三场,第 221 行(朱生豪译)。(鹲鸲为椋鸟的古代用名,亦可写作"鸲鸲",现为椋鸟的学名。——译者注)

寒 鸦

The JACKDAW

寒鸦在莎剧中时有出现,显然是一种常见的鸟。但是它身上没有被赋予特别突出的特性,只是说它非常普通,而且被认为有点愚笨。当人们把社会底层的人比喻成"乌鸦和穴鸟"[①]时,这种含义就已经有所表达了。在国会花园,当华列克伯爵被要求就红、白玫瑰家族的支持者之间的矛盾纠纷做一个判断时,他说,如果这个问题是关于鹰的、剑的、马的或者眼眉迷人的姑娘的,

我倒是略知一二;

[①] 《特洛伊罗斯与克瑞西达》,第一章,第二幕,第394行(朱生豪译)。"穴鸟"为"寒鸦"之旧译。——译者注

可是关于法律上的细致精微的论点,
说老实话,我并不比一个傻子懂的更多。①

寒鸦

---

① 《亨利六世上篇》,第二幕,第四场,第16行(章益译)。(原文中"傻子"
一词用的是"daw",即"jackdaw"的简称。——译者注)

PICA CAUDATA.

喜鹊

喜鹊

The MAGPIE/MAGGOT-PIE

喜鹊在前面已经提到过了。麦克白把它和山鸦、秃鼻乌鸦联系在一起,认为它们都具有预示不祥、揭露阴谋的能力。在亨利六世罗列的所有伴随着葛罗斯特——他的谋害者——出世的凶兆里,他也特别指出了喜鹊:

> 恶狗嗥叫,狂飚吹折树木,
> 鸷鸟落在屋顶上,
> 叽叽喳喳的山鹊发出凄厉的噪音。①

---

① 《亨利六世下篇》,第五幕,第六场,第46行(章益译)。乔叟给这种鸟的修饰语是"饶舌的鹊"。(《众鸟之会》,第496行,方重译。译文中的"鸷鸟"在剧中原文为"raven",应为"渡鸦"。——译者注)

松鸦

The JAY

松鸦被莎士比亚提到过五次。在那座充满魔幻色彩的小岛上，凯列班（Caliban）主动提出要带醉酒的特林鸠罗（Trinculo）和斯丹法诺（Stephano）去看岛上各种奇珍异宝。他说：

请您让我带您到长着野苹果的地方；
我要用我的长指爪给您掘出落花生来，
把樫鸟的窝指点给您看，教给您怎样
捕捉伶俐的小猢狲的法子。①

---

① 《暴风雨》，第二幕，第二场，第158行（朱生豪译）。（此处的旧译"樫鸟"即英文中的"jay"，现均译为"松鸦"；原著误把斯丹法诺写成西巴斯辛。——译者注）

这种鸟的名字经常被用作对某些女性不太恭维的称谓。比如，面对福斯塔夫的追求，福德大娘发誓要"叫他知道鸽子和老鸦的分别"①，伊摩琴（Imogen）则确信"哪一个涂脂抹粉的意大利淫妇迷住了他"②。不过，这种鸟在莎剧里最有趣的一次现身可能要数《驯悍记》里的一场戏了。在那场戏里，裁缝被训斥了一顿，拿着给凯瑟丽娜定做好的帽子和袍子离开了，而其实凯瑟丽娜对那些衣服很是满意。她丈夫这样对她说：

> 好吧，来，我的凯德，我们就老老实实穿着这身家常
> 　便服，
> 到你爸爸家里去吧。
> 只要我们袋里有钱，身上穿得寒酸一点，又有什么关系？
> 因为使身体阔气，还要靠心灵。
> 正像太阳会从乌云中探出头来一样，
> 布衣粗服，可以格外显出一个人的正直。
> 樫鸟并不因为羽毛的美丽，
> 而比云雀更为珍贵；
> 蝮蛇并不因为皮肉的光泽，

---

① 《温莎的风流娘儿们》，第三幕，第三场，第34行（朱生豪译）。（剧中原文为：we'll teach him to know turtles from jays。"turtle"指的是"turtle-dove"，即斑鸠。这里朱生豪明显做了转译。——译者注）
② 《辛白林》，第三幕，第四场，第47行（朱生豪译）。（剧中原文为：Some jay of Italy hath betrayed him。这里朱生豪也采用了意译的方式。——译者注）

而比鳗鲡更有用处。①

松鸦

① 《驯悍记》,第四幕,第三场,第165行(朱生豪译)。

农家庭院里的鸟

BIRDS of the FARM-YARD

  各种各样的农场鸟也吸引了剧作家的注意。其中很重要的一种是公鸡（Cock）。公鸡在莎剧中被引用的频率非常高，特别是作为公认的清晨报时器。在伊丽莎白时期，这种标记时间的方式仍然很普遍。我们都记得洛彻斯特旅店里那个脚夫"自从第一遍鸡啼以后"[1]的倒霉经历。我们也还记得，凯普莱特如何在房子里大呼小叫，向家人报时三遍：

  来，赶紧点儿，赶紧点儿！鸡已经叫了第二次，

---

[1] 《亨利四世上篇》，第二幕，第一场，第15行（朱生豪译）。乔叟提起这种鸟时这样说："雄鸡，小村庄上的自鸣钟。"《众鸟之会》，第350行（方重译）。

晚钟已经打过,到三点钟了。①

莎士比亚甚至把公鸡尖锐的啼叫声写进了他的童话世界。爱丽儿就是在这个信号响起时中断了歌声:

听!听!我听见雄鸡
昂起了颈儿长啼,(啼声)
喔喔喔!②

但是,关于这种家喻户晓的鸟的最详细、最令人难忘的描述还是艾尔西诺城堡前那个难忘的场景。鬼魂刚刚在哈姆莱特的朋友面前现身,而且

它正要说话的时候,鸡就啼了。
于是它就像一个罪犯听到了可怕的召唤似的
惊跳起来。我听人家说,报晓的雄鸡用它高锐的啼声,
唤醒了白昼之神,
一听到它的警告,
那些在海里、火里、地下、空中

---

① 《罗密欧与朱丽叶》,第四幕,第四场,第3行(朱生豪译)。
② 《暴风雨》,第一幕,第二场,第384行(朱生豪译)。

到处浪游的有罪的灵魂，

就一个个钻回自己的巢穴里去；

这句话现在已经证实了。

那鬼魂正是在鸡鸣的时候隐去的。

有人说，在我们每次欢庆圣诞之前不久，

这报晓的鸟儿总会彻夜长鸣；

那时候，他们说，没有一个鬼魂可以出外行走，

夜间的空气非常清净，没有一颗星用毒光射人，

没有一个神仙用法术迷人，妖巫的符咒也失去了力量，

一切都是圣洁而美好的。①

鹅在莎剧中的引用频率非常高，而且通常是用来象征人的愚笨与怯懦。不过，假使这一性格特征真的属于这种鸟，这到底在多大程度上是由于几百年来的驯化和与人类接触所造成的，还需要鸟类学家和心理学家进一步的研究。有一点可以肯定，大雁（亦称野鹅，Wild-goose）身上是没有这种特质的，它只属于大雁那堕落了的、生长在农家庭院的亲戚。莎士比亚非常清楚这种经常光顾庭院篱笆的鸟有多么警觉和活跃。他曾经提到它们的突然受惊飞起：

就像雁子望见了蹑足行近的猎人，

---

① 《哈姆莱特》，第一幕，第一场，第147—164行（朱生豪译）。

> 又像一大群灰鸦听见了枪声轰然飞起乱叫、
> 四散着横扫过天空一样。①

他还提到这些鸟在秋天便会飞往更广阔水域的习性,这是连李尔王的弄人都明白的事,他说:

> 冬天还没有过去,要是野雁尽往那个方向飞。②

同样,这种鸟振翅高飞、瞬间便不见踪影的速度也是为人熟知的。忧郁的杰奎斯声称,如果一个被他骂了的人真的问心无愧,

> 那么我的责骂就像是一头野鸭飞过,不干谁的事。③

另外,诱捕大雁的难度非常大,这在一句谚语里有充分的体现——"追逐大雁的奔跑——徒劳无益"(a wild-goose chase)。在伊丽莎白时期,这种说法非常流行。茂秋西奥(Mercutio)就这样反驳罗密欧:

> 不,如果比聪明像赛马,我承认我输了;我的马儿哪

---

① 《仲夏夜之梦》,第三幕,第二场,第20行(朱生豪译)。
② 《李尔王》,第二幕,第四场,第45行(朱生豪译)。
③ 《皆大欢喜》,第二幕,第七场,第86行(朱生豪译)。(此处的"野鸭"原文为"a wild goose",应为"野鹅"。——译者注)

有你的野？说到野，我的五官加在一起也比不上你的任何一官。①

---

① 《罗密欧与朱丽叶》，第二幕，第四场，第69行（朱生豪译）。（剧中原文是：Nay, if thy wits run the wild-goose chase, I have done; for thou hast more of the wild-goose in one of thy wits than, I am sure, I have in my whole five。从词源学上讲，"a wild-goose chase"（无益的追求）最早起源于16世纪的赛马。当时，赛马在茂密的森林里进行，阵形以"一马带路，群马尾随"为特色，与飞在空中的群雁颇为相似，人们就戏称当时的赛马为"a wild-goose chase"。朱生豪在翻译时显然采用了这一含义。——译者注）

天鹅

The SWAN

在莎士比亚时代,天鹅在英国的数量可能比现在要多。它被视为"皇家之鸟",任何人不准私自豢养天鹅,除非得到皇家颁发的许可证和为天鹅在喙上做身份标记的准许。直到今天,我们的王室还保留着对泰晤士河上的皇家天鹅的所有权,而且每年夏天会为幼鸟做天鹅喙标记。我们的剧作家对这种鸟给予了充分关注。他让我们看到它在自己熟悉的水上领地里的样子,在那里,它的巢象征着位于大海之中的不列颠,"她是广大的水池里一个天鹅的巢"[①]。他让我们看到

---

① 《辛白林》,第三幕,第四场,第138行(朱生豪译)。

> 母天鹅保护她的小天鹅的样子,
> 是把它们藏在她的翅膀底下,虽说是俘虏,却是非常
> 　疼爱的。①

我们还看到天鹅在陆地上走路时左摇右摆、笨拙不堪的姿态,又听到这样的说法:

> 大洋里所有的水
> 不能使天鹅的黑腿变成白色,
> 虽然它每时每刻都在波涛里冲洗。②

一片波平如镜的水面是以此为标志的:

> 大浪顶上一根天鹅的羽毛,
> 不会向任何一方偏斜。③

我们还看到

> 一只天鹅

---

① 《亨利六世上篇》,第五幕,第三场,第56行(章益译)。(此处为符合行文,稍有改动。——译者注)
② 《泰特斯·安德洛尼克斯》,第四幕,第二场,第101行(朱生豪译)。
③ 《安东尼与克莉奥佩特拉》,第三幕,第二场,第48行(朱生豪译)。

> 竭力挣扎,力争上游,
> 但在迎头巨浪的打击之下,终于把全
> 身力量白白耗尽。①

天鹅绝唱的经典传说被诗人反复提到——预感到自己即将死去的天鹅会在临终时发出哀鸣。在诗人的笔下,这一传说有时候会让人觉得真有其事。面对一步步逼近的死神,鲁克丽丝就像一只

> 惨白的天鹅,在她湿漉漉的窠里,
> 为她必然的殒灭,唱出凄恻的哀歌。②

当亨利亲王——亨利王的儿子——被告知自己垂死的父亲刚才还在唱歌时,禁不住悲从中来:

① 《亨利六世下篇》,第一幕,第四场,第19行(章益译)。(章益译本中将"swan"译为"凫雁",应为误译。另外,为保持与原文行文一致,此处略有改动。参见章益译文:"我们的处境极像那逆水游泳的凫雁,竭力挣扎,力争上游,但在迎头巨浪的打击之下,终于把全身力量白白耗尽。"——译者注)
② 《鲁克丽丝受辱记》,第1611行(杨德豫译)。乔叟早已做了如下记录:"善妒的天鹅,临终时还要歌唱。"《众鸟之会》,第342页(方重译)。(为保持行文流畅,此处略有改动。——译者注)

CYGNUS FERUS.

大天鹅

> 奇怪的是死亡也会歌唱。
> 我是这一只惨白无力的天鹅的雏鸟,
> 目送着他为自己唱着悲哀的挽歌而死去。①

在奥瑟罗识破伊阿古十恶不赦的奸佞的那场戏里,有一个非常感人的情节:忠贞的爱米利娅(Emilia)在临死前语无伦次,思绪又飞回到她亲爱的女主人身上:

> 你的歌儿是一个谶兆吗,夫人?
> 听,你听没听见我的声音?我要像天鹅一般
> 在歌声中死去。(唱)杨柳,杨柳,杨柳……②

不过,当这个传说从鲍西娅嘴里说出来的时候,气氛就不那么感伤了。看到巴萨尼奥(Bassanio)站在了匣子前,鲍西娅对结果充满了期待,她命令道:

> 在他选择的时候,把音乐奏起来,
> 要是他失败了,好让他像天鹅一样
> 在音乐声中死去。③

---

① 《约翰王》,第五幕,第七场,第20行(朱生豪译)。
② 《奥瑟罗》,第五幕,第二场,第249行(朱生豪译)。
③ 《威尼斯商人》,第三幕,第二场,第43行(朱生豪译)。

雄火鸡

The TURKEY-COCK

雄火鸡是在16世纪早期从新大陆引进欧洲的。到了伊丽莎白时代，这种鸟已经基本适应本土环境，变成英格兰很常见的家禽了。它被莎士比亚提到过几次，有时象征人的趾高气扬、妄自尊大，有时是餐桌上的一道菜。在《亨利五世》里，高厄（Gower）看见毕斯托尔走过来，对弗鲁爱林（Fluellen）叫道："啊，他正从那儿来啦，大摇大摆的，活像一头火鸡。"听了这话，那位打定主意要让这个牛皮大王吃下韭菜的威尔士人回答道："他大摇大摆也罢，他像头火鸡

TURKEY.

火 鸡

也罢,咱们才不管这些。"① 这一比喻也恰如其分地用在了马伏里奥身上。玛丽娅说,他"已经在那边太阳光底下对他自己的影子练习了半个钟头仪法"。当三个躲在一边的旁观者看着他大摇大摆地走过来,边走还边自言自语时,他们差点忍不住笑出声来。费边低声请求他们保持安静:

  静些!他已经痴心妄想得变成一头出色的火鸡了;瞧他那种蓬起了羽毛高视阔步的样子!②

另外,我们也不要忘了那两个在洛彻斯特旅店里打尖的脚夫,他们要运到伦敦去的货物里就有一筐活火鸡。③

---

① 《亨利五世》,第五幕,第一场,第14行(方平译)。(弗鲁爱林是威尔士人,因为在前一幕受到毕斯托尔的当众侮辱,被逼着吃下帽子上插的韭菜,所以在这一场立志要报复,逼着毕斯托尔吃下韭菜。帽子上插韭菜是威尔士军队在圣大卫节那天的一个仪式,而毕斯托尔不是威尔士人,而且讨厌韭菜的味道。——译者注)
② 《第十二夜》,第二幕,第五场,第28行(朱生豪译)。
③ 《亨利四世上篇》,第二幕,第一场,第25行(朱生豪译)。

孔雀

孔雀

The PEACOCK

　　作为公认的代表骄傲的典型形象，孔雀在莎剧中被提到过多次。贞德（Joan of Arc）在剧中给王子们的建议是：

> 别看狂妄的塔尔博暂时趾高气扬，
> 像一只孔雀摇晃着尾巴，
> 我们不久就要拔掉他的羽毛，剪除他的羽翼。[1]

---

[1] 《亨利六世上篇》，第三幕，第三场，第5行（章益译）。乔叟提到"孔雀，周身发亮的羽毛，像天使一般"。（《众鸟之会》，方重译。——译者注）

忒耳西忒斯描述埃阿斯（Ajax）的神态时，说他"在战场上走来走去，像失了魂似的……他跨着大步，像一只孔雀似的走来走去，踱了一步又立定了一会儿"①。国王亨利五世用化名混进他在法国的士兵当中，被一个士兵教训道：

> 区区小百姓居然对于国王不乐意，这岂不像孩子玩的汽枪里射出来的纸弹那样危险啊！你还不如拿起一根孔雀毛，想把太阳扇到它结冰吧。②

在《错误的喜剧》里，我们从大德洛米奥嘴里听到这么一句俏皮话："姑娘，你看见过孔雀吧？把尾巴一张，说：'站远点！'"③

---

① 《特洛伊罗斯与克瑞西达》，第三幕，第三场，第244行（朱生豪译）。
② 《亨利五世》，第四幕，第一场，第195行（方平译）。
③ 《错误的喜剧》，第四幕，第三场，第74行（朱生豪译）。

斑鸠和鸽子

The DOVE and the PIGEON

白鸽和家鸽在莎士比亚的作品里经常出现,作家对二者并未做特别区分。因此,我们在一处读到,"维纳斯驾起两只银鸽"[1];而在另一处,这些鸟又变成了"维纳斯的鸽子"[2]。在厨房这种不那么有诗意的环境里,二者甚至成为可以互相替代的菜肴。一方面,我们看到夏禄(Shallow)法官要求厨子预备"几只鸽子",再做几样"无论

---

[1] 《维纳斯与阿都尼》,第1190行(张谷若译)。(为上下文需要,此处稍做调整。原文中,"银鸽"的英文为"silver dove"。——译者注)
[2] 《威尼斯商人》,第二幕,第六场,第5行(朱生豪译)。(原文用的是"pigeons"。——译者注)

什么可口一点儿的菜"来招待福斯塔夫①,另一方面,我们又发现老高波(Gobbo)送给巴萨尼奥"一盘烹好的鸽子",请求巴萨尼奥收下他儿子做跟班②。

白鸽通常是纯白色的,公认为代表温柔、纯洁、天真。然而,在紧急情况下,这种胆小的鸟也会表现出保护幼鸟的作战精神。我们听说

> 最微小的虫蚁儿还知道避开踩它的脚,
> 驯良的鸽子为了保护幼雏也要反啄几口。③

据信,"过分的惊惶会使一个人忘怀了恐惧",在这种情况下,"鸽子也会向鸷鸟猛啄"④。下面的描述很可能是在猎鹰的实际经验中亲自观察而来的:

> 胆小鬼到了无路可逃的时候也能打一仗;
> 鸽子被抓在老鹰的利爪之下的时候也能反啄几下。⑤

---

① 《亨利四世下篇》,第五幕,第一场,第25行(朱生豪译)。(此处原文用的是"pigeon"。——译者注)
② 《威尼斯商人》,第二幕,第二场,第123行(朱生豪译)。(此处原文用的是"dove"。——译者注)
③ 《亨利六世下篇》,第二幕,第二场,第17行(章益译)。
④ 《安东尼与克莉奥佩特拉》,第三幕,第十三场,第196行(朱生豪译)。(在朱生豪译本中,此为第十一场。——译者注)
⑤ 《亨利六世下篇》,第一幕,第四场,第40行(章益译)。

TURTUR AURITUS, Ray.

山斑鸠

斑鸠（Turtle-dove）长久以来被公认为夫妻恩爱、情意缠绵的象征，这种鸟在莎士比亚的作品中占有不容亵渎的地位[①]。我们读到："他俩手搀手儿，飞快逃跑，好似一对恩爱鸳鸯一般，片刻不忍分离。"[②] 在《冬天的故事》里，弗罗利泽（Florizel）拉着潘狄塔（Perdita）的手，对她说出了矢志不渝的誓言：

把你的手给我，我的潘狄塔；
就像一对斑鸠一样，永不分开。[③]

在同一部戏的结尾，当所有人都获得了幸福团聚的时候，失去丈夫的宝丽娜（Paulina）宁愿自己躲到一个角落，独自面对孤独：

我，一只垂老的孤鸽，
将去拣一株枯枝栖息，哀悼着
我那永不回来的伴侣，
直至死去。[④]

[①] 乔叟的表达是："成双的雏鸠，情意浓厚。"《百鸟之会》，第355行（方重译）。留在维吉尔记忆深处的正是这种鸟从高高的榆树上传来的哀怨的啾啾低语。
[②] 《亨利六世上篇》，第二幕，第二场，第30行（章益译）。（"鸳鸯"的英文对应词应为"mandarin duck"，与鸽子无关。此处译者采取了文化转译。——译者注）
[③] 《冬天的故事》，第四幕，第四场，第154行（朱生豪译）。（在朱生豪译本中，此为第三场。——译者注）
[④] 《冬天的故事》，第五幕，第三场（朱生豪译）。——译者注

鸽子（Pigeon）不仅会被作为一道菜肴，有时候还会被带有轻蔑意味地提及，也许与它的喂养方式和怯懦性格有关。关于"舌头上涂蜜的绅士"鲍益（Boyet），有这样的描述：

> 这家伙惯爱拾人牙慧，就像鸽子啄食青豆，
> 一碰到天赐的机会，就要卖弄他的伶牙俐齿。①

当哈姆莱特想到自己在为父报仇这件事上的缓慢迟疑时，他责怪自己"是一个没有心肝、逆来顺受的怯汉"。②

我把小型鸟（包括鸣禽）保留到最后一节来讨论，是因为莎士比亚在他的诗作和剧作中都关注到了它们。有些小鸟在波顿的小调里给分了类，他用这首歌唤醒睡梦中的仙后：

> 山乌嘴巴黄沉沉，
> 　　浑身长满黑羽毛，
> 画眉唱得顶认真，
> 　　声音尖细是欧鹩。

---

① 《爱的徒劳》，第五幕，第二场，第315行（朱生豪译）。
② 《哈姆莱特》，第二幕，第二场，第572行（朱生豪译）。（此处剧中原文为"pigeon-liver'd and lacking gall"。——译者注）

鹈鸰，麻雀，百灵鸟，
　　还有杜鹃爱骂人，
大家听了心头恼，
　　可是谁也不回声。①

---

① 《仲夏夜之梦》，第三幕，第一场，第114行（朱生豪译）。

云雀/百灵鸟

The LARK

在这首歌里描述到的所有鸟当中，莎士比亚的最爱——如果我们可以从他提到的频率和欣赏态度上判断的话——是云雀。在他笔下，云雀可以和雄鸡媲美，也拥有唤醒朝阳、开启新的一天的荣耀。他称之为"清晨的云雀"，"黎明的使者"，总是和黎明破晓时天光大亮、朝霞满天的盛景相连。

看！云雀轻盈，蜷伏了一夜感到不受用，
从草地上带露的栖息处，盘上了天空，
把清晨唤醒。只见从清晨银色的前胸，
太阳初升，威仪俨俨，步履安详，气度雍容。

ALAUDA ARVENSIS. Linn.

云雀

>目光四射，辉煌地看着下界的气象万种，
>把树巅山顶，都映得黄金一般灿烂光明。①

还有，

>忙碌的白昼被云雀叫醒，惊起了无赖的乌鸦。②

云雀那欢快的歌声被永久记录在下面的诗行里：

>清晨的云雀惊醒了农人。③

在《辛白林》剧中那首精妙的《歌》里，这种愉悦的心情表现得更是恣意奔放：

>听！听！云雀在天门歌唱，
>　　旭日早在空中高挂，
>天池的流水琤琮作响，
>　　日神在饮他的骏马；
>瞧那万寿菊倦眼慵抬，

---

① 《维纳斯与阿都尼》，第853行（张谷若译）。
② 《特洛伊罗斯与克瑞西达》，第四幕，第二场，第8行（朱生豪译）。
③ 《爱的徒劳》，第五幕，第二场（朱生豪译）。该句为剧尾"春之歌"里的一句，原文为：The merry larks are ploughmen's clocks。——译者注

凤头百灵

GALERITA CRISTATA.

> 睁开它金色的瞳睛：
> 美丽的万物都已醒来，
> 醒醒吧，亲爱的美人！
> 醒醒，醒醒！ ①

无论黑夜还是清晨，鸟儿的歌声都是那样的婉转，但它们从来没有像在《罗密欧与朱丽叶》中花园幽会那场戏里那般昼夜难分，彼此融合。在这场戏里，朱丽叶在她的窗口苦苦挽留依依不舍的爱人，告诉他白天还没有到来：

> 朱丽叶：你现在就要走了吗？天亮还有
> 　　　一会儿呢。
> 　　　那刺进你惊恐的耳膜中的，
> 　　　不是云雀，是夜莺的声音；
> 　　　它每天晚上在那边石榴树上歌唱。
> 　　　相信我，爱人，那是夜莺的歌声。
> 罗密欧：那是报晓的云雀，
> 　　　不是夜莺。瞧，爱人，不作美的晨曦

---

① 《辛白林》，第二幕，第三场，第19行（朱生豪译）。

　　　　已经在东天的云朵上镶起了金线,

　　　　夜晚的星光已经烧尽,愉快的白昼

　　　　蹑足踏上了迷雾的山巅。

　　　　我必须到别处去找寻生路,或者留在这儿束手等死。

朱丽叶:那光明不是晨曦,我知道;

　　　　那是从太阳中吐射出来的流星,

　　　　要在今夜替你拿着火炬,

　　　　照亮你到曼多亚去。

　　　　所以你不必急着要去,再耽搁一会儿吧。

罗密欧:让我被他们捉住,让我被他们处死;

　　　　只要是你的意思,我就毫无怨恨。

　　　　我愿意说那边灰白色的云彩不是黎明睁开它的睡眼,

　　　　那不过是从月亮的眉宇间反映出来的微光;

　　　　那响彻云霄的歌声,

　　　　也不是出于云雀的喉中。

　　　　我巴不得留在这里,永远不要离开。

　　　　来吧,死,我欢迎你!

　　　　因为这是朱丽叶的意思。

　　　　怎么,我的灵魂?让我们谈谈;天还没有亮哩。

朱丽叶:天已经亮了,天已经亮了;快走吧,快走吧!

　　　　那唱得这样刺耳、嘶着粗涩的噪声和讨厌的锐音的,

　　　　正是天际的云雀。

有人说云雀会发出千变万化的甜蜜的歌声,
这句话一点不对,因为它只使我们彼此分离;
有人说云雀曾经和丑恶的蟾蜍交换眼睛,
啊!我但愿它们也交换了声音,
因为那声音使你离开了我的怀抱,
用催醒的晨歌催促你登程。①

---

① 《罗密欧与朱丽叶》,第三幕,第五场,第 1—32 行(朱生豪译)。

乌鸫/黑鸫

The BLACKBIRD/OUZEL

在波顿的歌里被描述成"嘴巴黄沉沉，长满黑羽毛"的乌鸫或黑鸫，虽然是歌声最为婉转的歌手，但却没有得到莎士比亚的赞美。它只又被提到过一次，而且还颇有点不恭。当夏禄法官向他的弟弟询问干女儿的情况时，塞伦斯（Silence）回答道："唉，一只小鸟雀儿，夏禄老兄！"[①] 很遗憾这种鸟富有特色的古称"ouzel"已经不再普遍使用，只还在苏格兰能听到。在特威德河的对岸还保留着很多过去和法国结盟时的语言方面的遗迹。在那里，人们对乌鸫的称呼

[①] 《亨利四世下篇》，第三幕，第二场，第7行（朱生豪译）。（此处原文为：Alas, a black ousel, cousin Shallow。）我曾经在东洛锡安（英国苏格兰东南部旧郡，现为洛锡安行政区的一个区。——译者注）听到过一个皮肤特别黑的小孩子被叫作"黑鸫"（blacket ouzel）。

还沿用法国对鸫类的称呼,而歌鸫的常用名"mavis"同样来自法语词"mauvis"(红斑鸫)。

乌鸫

歌鸫 / 歌鸠

The THRUSH/THROSTLE

歌鸫（又名歌鸠）是我们另一位歌声悠扬的歌手，它被莎士比亚提到过三次，但是除了波顿歌里唱到的"画眉唱得顶认真"之外，没有更多对它嗓音的赞美。它出现在了奥托里古斯的一首歌里：

听那百灵鸟的清歌婉丽，
　　嗨！还有画眉喜鹊的叫噪，
　　一齐唱出了夏天的欢喜，
　　　　当我在稻草上左搂右抱。①

---

① 《冬天的故事》，第四幕，第三场，第 9 行（朱生豪译）。（在朱生豪译本中，此为第二场。旧译多将"thrush"译为"画眉"。——译者注）

鹪鹩

The WREN

我们伟大的剧作家不止九次在不同的剧里提到鹪鹩。他注意到它娇小的体型,但认为它小小的身体里藏着巨大的勇气。麦克德夫逃往英格兰之后,他的夫人抱怨他竟然可以丢弃她和孩子于不顾:

> 他不爱我们;
> 他没有天性之情;鸟类中最微小的鹪鹩
> 也会奋不顾身,
> 和鸱鸮争斗,保护它巢中的众雏。[1]

---

[1] 《麦克白》,第四幕,第二场,第8行(朱生豪译)。

TROGLODYTES EUROPÆUS.

鷦鷯

当伊摩琴从洞里醒来时,她神情恍惚,弄不清自己身在何处。她一边自言自语,一边祷告神明:

> 真的,我还在害怕得发抖。要是上天
> 还剩留着仅仅像麻雀眼睛一般大小的
> 一点点儿的慈悲,敬畏的神明啊,求你们赐给我一部
> 　分吧!①

莎士比亚对鹪鹩的音乐倒不那么公道。其实鹪鹩的歌声对于它这么身材娇小的鸟来说,已经算是非常响亮、甜美而且富于变化的了。鲍西娅认为,如果夜莺是在白天歌唱,它的歌声不会比鹪鹩更动听②。在另一处,"从空洞的胸膛里说出来的"安慰人的话被比作"鹪鹩叽叽喳喳的叫唤声"。③

---

① 《辛白林》,第四幕,第二场,第304行(朱生豪译)。(此处原文为:as small a drop of pity as a wren's eye。朱生豪将鹪鹩译成麻雀,可能是考虑到更易于为中国读者所接受。——译者注)
② 《威尼斯商人》,第五幕,第一场,第104行(朱生豪译)。
③ 《亨利六世中篇》,第三幕,第二场,第42行。(两处引用出自原文:And thinks he that **the chirping of a wren**, By crying **comfort from a hollow breast**。为体现本文对鸟意象的重点关注,此处译者采用直译方式。章益译文:"难道他以为现在像一只鹪鹩那样虚情假意地叫唤几声,就能给人安慰?"——译者注)

白鹡鸰

MOTACILLA ALBA, Linn.

鹡鸰

The WAGTAIL

鹡鸰被诗人提到过一次，肯特用它的名字来表达对高纳里尔的管家的轻蔑：

你这婊子养的、不中用的废物！殿下，要是您允许我的话，我要把这不成东西的流氓踏成一堆替人家涂刷茅厕的泥浆。看在我的花白胡子分上？你这摇尾乞怜的狗！①

---

① 《李尔王》，第二幕，第二场，第59行（朱生豪译）。（此处"wagtail"（鹡鸰）被译成"摇尾乞怜的狗"，虽似误译，但与上下文内容吻合，可视为巧妙的误译。——译者注）

EMBERIZA CITRINELLA, Linn.

黄鹀

鹀

The BUNTING

鹀在莎士比亚作品中被提到过一次，可能是常见的黍鹀（Corn-bunting）或者白斑黑鹀（Bunting-lark）。这种鸟和云雀很相像，在把巢建在地上这个习惯上更是相仿。在《终成眷属》里，当波特拉姆（Bertram）告诉老拉佛（Lafeu）他错怪了帕洛的为人时，老拉佛说：

> 那么也许是我看错了人，把这只鸿鹄看成了燕雀了。[1]

---

[1] 《终成眷属》，第二幕，第五场，第5行（朱生豪译）。（此处原文为：I took this lark for a bunting。可直译为："我错把云雀看成是黍鹀了。"朱生豪译本显然进行了巧妙的文化转译。——译者注）

欧亚鸲 / 知更鸟

The REDBREAST/RUDDOCK

  知更鸟在《辛白林》中被充分提及。阿维拉古斯（Arviragus）走上舞台，双臂抱着看上去已经死去的伊摩琴。他一面放下尸体，一面哀吟：

> 当夏天尚未消逝、我还没有远去的时候，斐苔尔，
> 我要用最美丽的鲜花
> 装饰你的凄凉的坟墓；你不会缺少
> 像你面庞一样惨白的樱草花，也不会缺少
> 像你血管一样蔚蓝的风信子，不，你也不会缺少
> 野蔷薇的花瓣——不是对它侮蔑，

它的香气还不及你的呼吸芬芳呢；红胸的知更鸟将会
衔着这些花朵送到你的墓前，羞死
那些承继了巨大的遗产、忘记为他们的先人
树立墓碑的不孝的子孙；
是的，当百花凋谢的时候，我还要用茸茸的苍苔，
掩覆你的寒冷的尸体。①

主人凡伦丁（Valentine）在恋爱——史比德（Speed）罗列了一系列他发现的迹象来证明这一点。他是这样开始的："第一，您学会了像普洛丢斯（Proteus）少爷一样把手臂交叉在胸前，像一个满腹牢骚的人那样一副神气；嘴里喃喃不停地唱情歌，就像一头知更雀似的；喜欢一个人独自走路，好像一个害着瘟疫的人。"② 再例如，当霍茨波催促他的夫人唱歌时，她两次都拒绝了。他于是气呼呼地说："其实你满可以作裁缝师傅或是知更鸟的教师。"③

---

① 《辛白林》，第四幕，第二场，第 219 行（朱生豪译）。乔叟提到"驯良的知更鸟"。
② 《维洛那二绅士》，第二幕，第一场，第 16 行（朱生豪译）。（在朱生豪译本中，此段开头没有"第一"两字，为保持行文顺畅，此处译者将原文中的"first"一词译出。——译者注）
③ 《亨利四世上篇》，第三幕，第一场，第 260 行（朱生豪译）。

篱雀

The HEDGE-SPARROW

关于篱雀的唯一一次引用出现在《李尔王》里。当高纳里尔厉声斥责她的父亲的时候，刚刚还称李尔王为"剥空了的豌豆荚"的弄人打断了她：

> 那篱雀养大了杜鹃鸟，
> 自己的头也给它吃掉。①

---

① 《李尔王》，第一幕，第四场，第 214 行（朱生豪译）。

雀科小鸟

The FINCH

雀科小鸟曾在波顿的歌里提到过,但再也没有在其他地方被诗人提起,只是"麻雀蛋儿"这个绰号被忒耳西忒斯用来辱骂帕特洛克罗斯(Patroclus)[①]。在英国各种不同的雀科小鸟中,我们可以猜测,这里想说的是苍头燕雀(Common Chaffinch)。

[①] 《特洛伊罗斯与克瑞西达》,第五幕,第一场,第34行(朱生豪译)。

PASSER DOMESTICUS, *Ray*

家麻雀

家麻雀

The HOUSE-SPARROW

虽然我们熟知的家麻雀经常被莎士比亚提到,但给予它的赞美却很少。他两次把它和天意联系在一起,明显在引用《圣经》的典故。哈姆莱特讲道:"一只雀子的死生,都是命运预先注定的。"[1] 在前面我们已经引用过,奥兰多那忠诚的老亚当对上帝抱有完全的信任,他说:"上帝既然给食物与乌鸦,也不会忘记把麻雀喂饱的。"[2] 在《暴风雨》中,家麻雀还成了描述希腊神祇的一部分,剧中,维纳斯:

　　她那发恼的儿子已经折断了他的箭,

---

[1] 《哈姆莱特》,第五幕,第二场,第212行(朱生豪译)。
[2] 《皆大欢喜》,第二幕,第三场,第44行(朱生豪译)。

发誓以后不再射人，只是跟麻雀们开开玩笑，打算做一个好孩子了。①

挨了埃阿斯一顿痛打之后，忒耳西忒斯用他自己的方式发起了报复，其实就是一番大话和臭骂：

我已经敲扁了他的脑袋，他倒还没有打痛我的骨头；我可以拿一个铜子去买九只麻雀，可是他的脑袋还不值一只麻雀的九分之一。②

---

① 《暴风雨》，第四幕，第一场，第 99 行（朱生豪译）。
② 《特洛伊罗斯与克瑞西达》，第二幕，第一场，第 67 行（朱生豪译）。

燕子

The SWALLOW

燕子因其敏捷的飞翔和一年一度的迁徙出现在莎剧里[1]。当理士满（Richmond）下令向波士委战场进军时，他补充道：

成功一旦在望，就像燕子穿空一样；
有了希望，君王可以成神明，平民可以为君王。[2]

这种鸟飞行路线明确，飞行速度奇快，甚至贴近地面时也是一样，

---

[1] 乔叟从另一个角度评价这种鸟："燕子专事屠杀在鲜艳的花丛中采蜜的小蜂。"《众鸟之会》，第353行（方重译）。
[2] 《理查三世》，第五幕，第二场，第23行（方重译）。

这一点没有逃过诗人的眼睛。泰特斯在夸耀他的种马时，毫不含糊地说：

> 我有几匹好马，能够绝尘飞步，
> 像燕子一样掠过原野，追踪逃走的野兽。①

当福斯塔夫被指责玩忽军情、躲避战场时，他这样为自己辩解：

> 我知道谴责和非难永远是勇敢的报酬。您以为我是一只燕子、一支箭或是一颗弹丸吗？像我这样行动不便的老头子，也会像思想一般飞奔吗？我已经用尽我所有的能力赶到这儿来。②

燕子每年伴随春天同来——这一现象在下面这幅百花图中生动地展现在我们面前：

> 在燕子尚未归来之前，就已经大胆开放，
> 丰姿招展地迎着三月之和风的水仙花；
> 比朱诺的眼睑，或是西塞利娅的气息
> 更为甜美的暗色的紫罗兰；

---

① 《泰特斯·安德洛尼克斯》，第二幕，第二场，第 23 行（朱生豪译）。
② 《亨利四世下篇》，第四幕，第三场，第 31 行（朱生豪译）。

> 像一般薄命的女郎一样，还不曾看见
> 光明的福玻斯在中天大放荣辉，
> 便以未嫁之身奄然长逝的樱草花；勇武的，
> 皇冠一样的莲香花；以及各种的百合花，包括着泽兰。①

每当秋天来临，燕子便会离去——这一特性被认为是人类忠贞不渝的象征。雅典的泰门得到同僚们这样的承诺："燕子跟随夏天，也不及我们跟随您这样踊跃。"②

---

① 《冬天的故事》，第四幕，第四场，第118行（朱生豪译）。（在朱生豪译本中，此为第三场。——译者注）
② 《雅典的泰门》，第三幕，第六场，第29行（朱生豪译）。

HIRUNDO RUSTICA, Linn.

家燕

家燕 / 欧洲燕

The HOUSE-MARTIN/MARTLET

对于家燕或欧洲燕,莎士比亚似乎怀有特殊的情感。他注意到这些鸟勇敢的建巢方式以及它们本能的社会性,这一本能使它们善于建成编队,从而更便于找到安家落户的地方。在一个节选里,我们被告知:

> 燕子把巢筑在风吹雨淋的屋外的墙壁上,自以为可保
> 　万全,
> 不想到灾祸就会接踵而至。①

---

① 《威尼斯商人》,第二幕,第九场,第28行(朱生豪译)。

当国王邓肯（Duncan）来到殷佛纳斯城堡时，他对城堡的位置和此处宜人的环境、徐徐的清风大为喜悦。班柯（Banguo）又提醒他看那无数的家燕窝巢，告诉他，这些说明这里的气候非常健康宜居。

> 夏天的客人——巡礼庙宇的燕子，
> 也在这里筑下了它的温暖的巢居，
> 这可以证明这里的空气有一种诱人的香味；
> 檐下梁间、墙头屋角，无不是这鸟儿安置吊床和摇篮
> 　的地方：
> 凡是它们生息繁殖之处，我注意到
> 空气总是很新鲜芬芳。①

---

① 《麦克白》，第一幕，第六场，第3行（朱生豪译）。

夜莺

The NIGHTINGALE

  我把莎士比亚鸟名单的最后的位置留给他对夜莺的引用。这样的引用非常之多，可以分为两类。其中一类的风格在语气上多少显得矫揉造作，说明它们不是来自诗人对这种鸟的亲身体验，而是基于自遥远古代流传下来的对其歌声的传奇性诠释。另一类，夜莺回归其作为英国常见鸣鸟的自然属性。有这样一个希腊神话，雅典国王的女儿菲勒美拉在遭到兄长泰诺斯的强暴并割舌之后[①]，众神出于同情把她变成了一只夜莺，她便在林间度过自己的一生，每日用悲伤的曲调哀叹自己不幸的命运。菲勒美拉的名字慢慢就变成了这种

[①] 此处可能有误，常见版本里菲勒美拉是被姐夫强暴，而非兄长。——译者注

LUSCINIA PHILOMELA.

夜莺/欧歌鸫

鸟的名字。莎士比亚沿用了这一传说，把夜莺用菲勒美拉的名字引进他的很多诗作和剧作里的抒情诗里。然而，在剧本对白里，他放弃了希腊名字和神话，选择使用了这种鸟的常用英语称谓。跟很多古代和现代的诗人一样，他也把这种鸟说成是雌性，尽管事实是只有雄鸟才会唱歌。

除了关于菲勒美拉的古代神话，他还融入了另一个可能更近代的但同样无据可依的说法：夜莺在唱歌时总是把身体贴在荆棘的刺上，荆棘会刺破它的胸膛，使它流血而亡。这种愚昧与奇思妙想的结合在下面的引文里得到了最充分的表达：

> 一切都使人感到欢欣，
> 只除了一只孤独的夜莺；
> 这可怜的鸟儿满怀悲伤，
> 伏身在带刺的花枝上；
> 它那无比悲痛的歌声，
> 一声声叫人惨不忍闻：
> 它先叫着，"好，好，好！"
> 接着又连声"忒柔，忒柔！"
> 听到它这样诉说悲伤，
> 我一时止不住眼泪汪汪；
> 因为它那凄惨的歌声，

也使我想起了我的不幸。①

这种造作的哀伤的调子也回荡在其他涉及菲勒美拉典故的诗歌中。在《鲁克丽丝受辱记》里，我们读到：

> 伤心的菲罗墨拉，这时终止了悲吟，
> 不再宛转倾诉她夜间凄楚的心情。②

还有，在一首十四行诗里：

> 像夜莺在夏天门前彻夜清啭，
> 到了盛夏的日子便停止歌吹。
> 并非现在夏天没有那么惬意，
> 比起万籁静听它哀唱的时候，
> 只为狂欢的音乐载满每一枝，
> 太普通，意味便没有那么深悠。③

---

① 《热情的朝圣者》，第21首。（在《莎士比亚全集》中收录为《乐曲杂咏》第六首，黄雨石译。——译者注）
② 《鲁克丽丝受辱记》，第1079行（杨德豫译）。（"菲罗墨拉"即菲勒美拉，这里代指鲁克丽丝。——译者注）
③ 《十四行诗》，第102首（黄雨石译）。（原文中夜莺是用"Philomel"来表示的。——译者注）

诗人还把菲勒美拉带进了他的童话世界，而且在那一刻，完全摒弃了她的音乐所代表的悲痛和哀伤：

> 夜莺，鼓起你的清弦，
> 　　为我们唱一曲催眠：
> 睡啦，睡啦，睡睡吧！睡啦，睡啦，睡睡吧！
> 一切害物远走高飏，
> 不要行近她的身旁；
> 晚安，睡睡吧！①

在莎士比亚的戏剧里，我们很欣喜地发现这种鸟以它们的英语名字出现，并且生活在它们的自然属地。当凡伦丁——维洛那二绅士之一——被驱逐出米兰，不得不远离他的爱人的时候，他想象着自己未来生活的孤独凄苦：

> 除非夜间有西尔维娅陪着我，
> 夜莺的歌唱只是不入耳的噪音。②

后来，当凡伦丁在环境的迫使下阴差阳错地成了一群强盗的首领，

---

① 《仲夏夜之梦》，第二幕，第二场，第13行（朱生豪译）。（此处原文中的夜莺也是用"Philomel"来表示的。——译者注）
② 《维洛那二绅士》，第三幕，第一场，第178行（朱生豪译）。

他发现这也算是一种慰藉:

> 习惯是多么能够变化人的生活!
> 在这座浓阴密布、人迹罕至的荒林里,
> 我觉得要比人烟繁杂的市镇里舒服得多。
> 我可以在这里一人独坐,
> 和着夜莺的悲歌调子,
> 泄吐我的怨恨忧伤。①

我们也许还记得,在《驯悍记》里,贵族和他的仆人们设计了很多可望而不可即的诱惑来作弄克利斯朵夫·斯赖(Christopher Sly),其中有一个就是问他:

> 您要听音乐吗?阿波罗在弹琴了,
> 二十只笼里的夜莺在歌唱。②

我们也不会忘记,当波顿争着扮演狮子这一角色,夸口说自己最会大声嚷嚷的时候,其他人告诉他,这样会吓坏了公爵夫人和太太小姐们,那会给戏班带来所有人都被吊死的危险。于是,他又提出了更为荒唐可笑的方案:

---

① 《维洛那二绅士》,第五幕,第四场,第1行(朱生豪译)。
② 《驯悍记》,序幕,第二场,第33行(朱生豪译)。

> 但是咱可以把声音压得高一些，不，提得低一些；咱会嚷得就像一只吃奶的小鸽子那么地温柔，嚷得就像一只夜莺。①

关于夜莺的歌声的浪漫故事，在鲍西娅那里被彻底地抛到了一边。当她从难忘的威尼斯之旅返回家门的时候，她发现从她的家里传出灯光和音乐声。她对尼莉莎说，音乐在夜晚要比在白天好听得多。对此尼莉莎给她的解释是："小姐，那是因为晚上比白天静寂的缘故。"然而，鲍西娅凭着她身为律师的聪慧，坚持认为：

> 如果没有人欣赏，
> 乌鸦的歌声也就和云雀一样；
> 要是夜莺在白天杂在群鹅的聒噪里歌唱，
> 人家决不以为它比鹪鹩唱得更美。②

---

① 《仲夏夜之梦》，第一幕，第二场，第72行（朱生豪译）。
② 《威尼斯商人》，第五幕，第一场，第102行（朱生豪译）。

发展中的英诗鸟情结

　　乔叟之后的两个世纪里,英国诗歌对待鸟的态度发生了一些变化。对树林里传来的莺声燕语的质朴天然的喜悦之情并未减少——这与《坎特伯雷故事集》作者的很多诗篇里都显而易见的那种情绪相一致。但是,与之相伴的,是一种更具观察力和思考力的精神的成长。尽管对鸟的音乐的热爱之情丝毫未减,但是诗歌中出现了一种对羽族更为广博的兴趣。人们对鸟的生活更为了解,对鸟的习性更为熟悉。基于这种知识,人们把鸟用作关于人类生活的比喻和示例。譬如,莎士比亚就无数次无比鲜活地用鸟类世界来比拟、刻画人的丰富情感——他的喜悦、他的悲伤、他的痛苦!

　　进化的法则——这个在地球有机体的生命历程中如此至高无上的法则——同样也对人类的思想发生作用。假如有证据表明,在从乔叟时代到莎士比亚时代的岁月进程中,诗歌洞见也得到了发展,我们同样可以相信,经过研究我们会发现,后来的两百年里也会有证据表明我们的诗歌在思想风格上发生了改变。为了检验这一推断，我们可以从19世纪诗歌中选取一些描写鸟的典型例子，把它们和我们之前引用过的伟大剧作家的篇章做一对比。这一课题显然过于宽泛，不可能在此充分展开，但是，我们可以以管窥豹，通过选取三位19世纪最具代表性的诗人的三首最著名的诗歌来进行简要论证——华兹华斯的《致杜鹃》、济慈的《夜莺颂》和雪莱的《致云雀》。

在详尽研究完莎士比亚作品之后重读这些诗歌，我们会惊讶地发现，尽管它们在思想和音律上非常不同，但在一点上十分接近，那就是，它们并非仅仅只言片语地提及这些鸟，而是对鸟类家族中的某些成员进行了真实具体的描述。在任何一首诗里，歌颂都不是轻描淡写的描述，而是一场发自内心的独白，满含欣赏、感动与爱意，而且仿佛是和话题对象面对面的对话。鸟儿被看成像我们一样"行走在生与死之间的旅者"。它们不是被当作"无情理可言"的物体，也就是不具备理性思考的能力，仅被赐予所谓的"本能"，而是让人感觉它们与我们紧密相连，它们所具备的很多品质与人性中最纯洁的美德难分轩轾。在伟大的生命奇迹中，它们被视为我们的伙伴、我们的同路人。诗人与它们畅通无阻的交流让我们觉得，好像人的渴望与祈盼全都可以被它们了解，而它们也可以感受到人对它们的真挚而热切的情感与关爱，甚至可以在某种激励之下，向人展示它们无忧无虑的快乐的秘密。在他们神秘的狂喜中，诗人们把这些歌手极度理想化，甚至使它们超越了肉体的形态。因此，华兹华斯吟道：

> 啊，杜鹃，我该称你做鸟儿呢，
> 还只称你为飘荡的声音？
>
> ……
>
> 对于我你不是鸟儿，
> 你只是一个看不见的东西，
> 一个声音，一个谜。①

在对云雀的吟颂中，雪莱那空灵的歌声更是心醉神迷：

> 你好呵，欢乐的精灵！
> 你似乎从不是飞禽，
>
> ……
>
> 飞禽或是精灵，
> 有什么甜美的思绪在你心头？②

对于现代诗人而言，鸟儿的歌声比任何音乐都能更为直接、简洁地表达人生的极乐。雪莱这样抒写他的云雀：

> 晶莹闪烁的草地，
> 　　春霖洒落时的声息，

---

① 《致杜鹃》，邵劈西译。——译者注
② 《致云雀》，江枫译。——译者注

雨后苏醒了的花蕾,

　　称得上明朗、欢悦,

清新的一切,都及不上你的音乐。

……

可是,即使我们能摈弃

　　憎恨、傲慢和恐惧,

即使我们生来不会

　　抛洒一滴眼泪,

我们也不知,怎样才能接近于你的欢愉。①

济慈在他的夜莺里也发现了同样的欣悦之情:

并不是我嫉妒你的好运,

而是你的快乐使我太欢欣——

因为在林间嘹亮的天地里,

你呵,轻翅的仙灵,

你躲进山毛榉的葱绿和荫影,

放开歌喉,歌唱着夏季。②

每一位诗人都在寻求自己对鸟儿的歌声的诠释,寻觅那歌声的灵感

---

① 《致云雀》,江枫译。——译者注
② 《夜莺颂》,查良铮译。——译者注

源泉。对华兹华斯来说,杜鹃似乎是

> 对着充满阳光和鲜花的山谷,
> 细语频频。①

而对济慈而言,夜莺是在歌唱"夏天"。雪莱则向云雀问道:

> 什么样的物象或事件,
> 是你那欢歌的源泉?
> 田野、波涛或山峦?
> 空中、陆上的形态?
> 是对同类的爱,还是对痛苦的绝缘?②

此外,在诗人的耳中,鸟的音乐还会唤起对往事的回忆。对华兹华斯来说,杜鹃的音符带给他少年时代"一个梦幻中的事情"。在那时,为了能够看到杜鹃,他会

> 到处游荡,
> 穿过树林和草场:
> 你仍是一个憧憬,一种爱恋,

---

① 《致杜鹃》,邵劈西译。为使行文流畅,稍做调整。——译者注
② 《致云雀》,江枫译。——译者注

引入悬念,却无法看见。①

在济慈的诗里,鸟的歌声在他面前展开的历史长卷已经超越了他自己的时代:

> 今夜,我偶然听到的歌曲
> 曾使古代的帝王和村夫喜悦;
> 或许这同样的歌也曾激荡
> 露丝忧郁的心,使她不禁落泪,
> 站在异邦的谷田里想着家;
> 就是这声音常常
> 在失掉了的仙域里引动窗扉:
> 一个美女望着大海险恶的浪花。②

在鸟儿千变万化的音符中,现代诗人发现的,不是古代迷信中经常与乌鸦和猫头鹰联系在一起的凶兆或暗示,而是关于死亡以及来世深刻严肃的思考。雪莱这样描述他的云雀:

> 是醒来或是睡夫,
> 你对死亡的理解一定比

---

① 《致杜鹃》,邵劈西译。——译者注
② 《夜莺颂》,查良铮译。——译者注

我们凡人梦到的
更加深刻真切,否则
你的乐曲音流,怎么像液态的水晶涌泻? ①

济慈则发现,在夜莺的歌声里,他的内心在想到自己的死亡时已慢慢趋于平静:

我在黑暗里倾听:呵,多少次
我几乎爱上了静谧的死亡,
我在诗思里用尽了好的言辞,
求他把我的一息散入空茫;
而现在,哦,死更是多么富丽:
在午夜里溘然魂离人间,
当你正倾泻着你的心怀
发出这般的狂喜!
你仍将歌唱,但我却不再听见——
你的葬歌只能唱给泥草一块。②

我们无法准确地预测英国诗歌在这一领域的未来发展趋势。在我们刚刚讨论过的三首诗出现之后,已经又过了一个世纪。在这期

---

① 《致云雀》,江枫译。——译者注
② 《夜莺颂》,查良铮译。——译者注

间，诗歌中关于有生命自然的态度又发生了清晰可见的变化。我们可以肯定地说，拥有如此辉煌的诗歌遗产，英国诗歌会因饱含对所有生命体的同情之心而继续大放光彩。鸟会继续保持它们在历代诗人的情感中所占有的独特地位，它们的歌声也将一如既往地与人同在，带给他最纯真的乐趣，安慰他孤独的内心。

译后记

一

对我来说，翻译这本《莎士比亚的鸟》是与三位奇人的一场奇遇。第一位自然是本书的核心人物、旷世奇才莎士比亚。从古至今，无论学界坊间有多少关于莎士比亚的争论，也无论争论话题有多么玄妙离谱，有一点从来没有人怀疑过，那就是他的盖世才华：精准深邃地透视人心的能力，不受自身经历制约的广阔视野和上至宫廷下至百姓的各色生活素材，时而妙语连珠令人捧腹、时而振聋发聩直击人心的语言天赋……其中尤其令人惊叹的是他对人性的刻画。《圣经》里说，太阳底下无新事。看完莎士比亚的作品，我想说，莎士比亚之后，文学里谈人性大概也只有重复了。贪婪、狡诈、虚伪、野心、忌妒、淫欲、母爱、忠贞、爱情、智慧、青春无畏……无不在莎翁笔下呈现，鲜活、真实、入木三分。写爱能让你替主人公怦怦心跳，写恨让你仿佛看见刀尖上滴血。人生大舞台，这舞台上的生旦净末丑，没有哪个角色从他的笔尖漏掉。读他的历史剧，仿佛今天的政治风云在四百年前预演。读他的喜剧，生活在网络时代、全球化背景下的我们，同样还会为四百年前人们的愚昧、贪婪、怯懦捧腹大笑，因为在他们身上依然能看到自己的影子。读他的青春爱情剧，我们会为那些在文艺复兴的光华中闪闪发亮的青春生命而心情激荡。读他的悲剧，更是让人唏嘘扼腕，感同身受，替剧里的人物悔不当初。莎翁的魅力非文字所能描述，但通过翻译这本小书，我获得了一次近距离接触文学巨匠的机会，一次次被他的光芒所震撼。

第二位奇人便是朱生豪。还记得在中学时第一次从同学那里借到莎士比亚戏剧的书，当时便爱不释手，为大文豪的才气所折服。虽然那时没有接受过任何学术训练，我还是能隐约感觉到文豪背后的那位翻译家非常了不起，他能用如此通达晓畅、地道自然的中文不打折扣地把莎翁的神韵展现出来，让读者感觉不到任何语言障碍，仿佛莎士比亚本来就是用中文写就的这一部部传世之作。并且，译者的语言不仅地道自然、浑然天成，而且华丽典雅、气势磅礴，读来令人荡气回肠、酣畅淋漓，译文本身便是中文里的佳作。热爱文学的我通过阅读莎士比亚作品的中文版积累了大量的文学词汇，也极大地开阔了眼界。当时就在心里记住了这个名字——朱生豪。后来，自己开始从事英美文学研究，亲身体会了翻译的艰辛，加之了解到朱生豪是在战火纷飞中忍着病痛、抱着为民族争气的决心完成的莎译，甚至含恨英年早逝，更是对这位翻译家心生无比敬意。这一次翻译《莎士比亚的鸟》，原著中有大量的引文，在考虑中译本时自然毫不犹豫地选择了朱生豪的译本。虽然学界对朱生豪的散文体翻译略有微词，也有人认为他刻意回避了莎剧中大量的粗俗文字，有失忠实，我仍然认为，朱生豪的翻译是语言最美、文学性最高、可读性最强，在思想和精神气质上最为贴近原文也最为传神的译作。此次选用他的版本也算是对自己久怀敬仰的翻译大师的致敬。

第三位奇人便是本书的作者——阿奇博尔德·盖基（Archibald Geikie, 1835—1924年）。此人之奇在于，他本非文学界人士，却开创了文学研究的一个先河。

阿奇博尔德·盖基出生于爱丁堡，是英国著名的地质学家，曾任英国皇家学会外事秘书及会长、英国科学促进协会会长、英国地质调查总局局长等职。他是最早发现冰川运动对苏格兰地区地质形成作用的科学家，也是勘测绘制苏格兰地质图的第一人。1891年，盖基被授予爵士称号。盖基一生著述颇丰，多为地质学领域的奠基之作，如《野外地质学概论》（*Outlines of Field Geology*, 1876年）、《地质学奠基者》（*Founders of Geology*, 1897年）等。《莎士比亚的鸟》（*The Birds of Shakespeare*, 1916年）应该是他的业余之作，是一篇为纪念莎士比亚逝世三百周年所作的主席致辞。

作为一名地质学家，盖基对莎士比亚的通晓几乎达到无所不知的程度，这不得不令人称奇。在这本不足两百页的书中，盖基囊括了莎翁的所有作品——三十七部剧本，两首长诗和多首十四行诗。他对任何一部剧、一首诗都能够信手拈来，如数家珍。通过他，我第一次阅读了多部之前知之甚少的莎翁作品，比如《泰特斯·安德洛尼克斯》《科利奥兰纳斯》《维洛那二绅士》。而且，盖基不仅对莎翁的作品了如指掌，对英国文学史上多位诗人也颇有研究，包括乔叟、华兹华斯、雪莱、济慈等。一位自然科学家能拥有如此广博深厚的文学素养，真是令人敬佩。

盖基的另一奇处在于他的研究视角。他写作这本书时，莎翁已经逝世三百年，三百年间的莎士比亚研究成果也可算汗牛充栋、不计其数，然而，他依然能够独辟蹊径，发掘出"鸟"这一研究视角。即使在一百年后的今天，这一选题仍然具有新意。更为重要的是，他通过大量的例证向我们说明，这一视角绝不是为了标新立异，而是莎作中一个很重要的内容，也是英国诗歌发展史上的重要内容。盖基对莎士比亚作品中的鸟的研究可算无人能及，令人瞠目惊叹。这些鸟大到孔雀、天鹅，小到鹌鹑、鹪鹩，他都一一列举、详加讨论。有些鸟仅仅出现过一次，却也未被遗漏。这一方面说明盖基对莎作的研究之深，另一方面也体现了一位科学家对待学术研究的严谨态度。感谢盖基的跨学科研究视野，让我们今天能够读到这本精美的小书，领略到莎作中那些五彩斑斓的羽族生命的独特魅力，并为研究莎士比亚及其时代开启新视角、新思路。

二

这本书是关于莎士比亚作品中的鸟的。在莎士比亚逝世三百周年之际，盖基爵士突发奇想，想让博物学家们研究一下这位伟大诗人是如何描写他们研究领域中的一员的，于是便有了这本小书。可以推测，这本书的撰写初衷是希望达到抛砖引玉的作用。不过，它是否引出更多的玉我们无从查证。可以肯定的是，它本身便已是一块不可多得的美玉。

因是一篇发言稿，全书没有明确分节，但从内容上大致可分为三个部分。在第一部分，盖基爵士先是简要追溯了"对鸟的钟爱"这一主题在英诗中的最早体现，主要以乔叟为例。随后，他以大量的篇幅描述了莎士比亚对这一传统的继承和发展。他认为，在伊丽莎白时期，人们对鸟的喜爱已经不仅仅停留在对它们的美妙歌声的向往，而是更多了几分认真的观察和思考，把它们和人类生活联系起来。他通过大量的文本细节论述了少年时代的莎士比亚对大自然的热爱和对当时流行的各种捕鸟、驯鸟等技术的熟谙，并特别指出，莎士比亚对鸟类以及各种动物都有着强烈的同情心，甚至像苍蝇、爬虫这样卑微的生命形态，认为它们也值得怜悯。这一节可算作书的序章，为全书的讨论奠定了基调。第二部分是书的主干部分。作者对莎士比亚作品中出现的所有的鸟进行了考据和讨论，以鹰为开端，以夜莺结束。在第三部分，作者对莎士比亚之后两个世纪中"鸟"的主题在英诗中的发展做了提纲挈领的描述，主要选取19世纪浪漫主义诗人华兹华斯、济慈、雪莱的三首诗为例。盖基爵士指出，虽然三位诗人在诗歌韵律以及创作思想上各不相同，但他们在对待"鸟"这一意象上却英雄所见略同：都把鸟视为人类生命旅途中的伴侣，认为鸟和人一样懂得情感、善于交流，而不是只有本能、没有思想的冷冰冰的物种。他相信，这样的人道主义传统会在英国诗歌中继续发扬下去，所有的生命体会继续得到关注和同情，同时它们也会不断给人类带来快乐和安慰。

我认为，盖基爵士的这本书最重要的贡献在于三点：其一，它使我们看到了莎士比亚作品中丰富多样、无处不在的鸟类生命，这些在之前的研究中一直被忽略。其二，书中对鸟的讨论没有局限在文学文本研究的框架，不仅试图去挖掘这些鸟在作品中的修辞意义、象征意义，而且把它们作为真实的生命主体，探究文学意象与生命本源的关系。即使在一百年后的今天，这也是难能可贵的。其三，盖基爵士在研究中采取了历史唯物主义的科学态度，没有孤立地看待莎士比亚的成就，而是把他放在英国文学的历史发展中考量其地位，既突出了他的独创性，又指出其继承性，并且注意发现作家的文学创作与现实生活的关系。

莎士比亚在其戏剧和诗歌里描写的鸟的种类之多、数量之大可能是很多读者，特别是中国读者，没有意识到的。盖基爵士告诉我们，莎士比亚对鸟的喜爱丝毫不亚于乔叟以及其他早期重要诗人，可以说有过之而无不及；他对鸟的描绘之细致，对鸟的比喻之广泛，"前无古人，后无来者"。盖基爵士在书中共列举出五十多种被莎翁引用的鸟，而根据英国鸟类学家詹姆斯·费希尔（James Fisher）的研究，到1600年，大不列颠群岛上已命名的鸟不过一百五十种。盖基爵士列举的鸟中既包括广为人知的天鹅、夜莺、白鸽、雄鹰等英诗中常见的鸟种，也有鲜被提及的普通鸟类，如猫头鹰、大雁、鹌鹑、燕子、麻雀、鹅；既有英国本土鸟种，如鸢、鹗、鸬鹚，也有像孔雀、鸵鸟、火鸡这样的外来鸟。对于这些鸟，盖基爵士一一指出它们在莎作中的具体出处，并且讨论它们在作品中的含义。他通常采取人类学的研究方法，追溯莎作中鸟的寓意的民俗文化根源，比如"鸵鸟吃铁"的民间传说和鹈鹕用自己的血哺育幼鸟的寓言。这些为我们理解作品无疑有很大的帮助。

但是，盖基爵士没有停留于此。很多时候，他表现出对现实中的鸟的更多关注。比如，在讨论完"潜鸟"在文学作品中的贬义喻指之后，他提出这样的问题："这个词究竟是先以讥讽之意用在人身上然后才转用到这些鸟身上，还是本来就是这些鸟的通用称谓后来才用来描述人的，不得而知。"这说明，他希望提起读者注意，我们对某种鸟或其他动物的性格描述不应该成为我们界定它们好坏的标准。很多时候，我们对动物的评判实际上是人类文化主观强加于它们的，是人类中心主义的偏见。比如，在讨论夜莺时，他毫不掩饰自己对剧作家用鸟的英语名字并且把它放置于自然栖息地的做法的赞赏。他认为这样做是还鸟儿以真实和自由，而用希腊神话里菲勒美拉（Philomela）的典故来赋予夜莺悲惨哀怨的象征意义，他认为是矫揉造作、无病呻吟（他的用语是 artificial note of sadness）。

不仅如此，盖基爵士明确指出，莎士比亚对鸟的描写完全来源于生活，源于他少年时代的观察和体验。他列举大量文本细节来论述莎士比亚对乡村生活的热爱和对鸟以及所有动物的同情，比如《皆大欢喜》中公爵和杰奎斯（Jaques）表达出的对鹿的同情、长诗《维纳斯与阿都尼》中对"目力弱的野兔"的大段描述，还有《李尔王》中表现出的对飞虫的同情。他指出："诗人的同情心已经延伸至那些微不足道、不堪一击的生命形态，而大多数人对它们都嗤之以鼻，甚或恶意相向。"这一点，正是他在本书中特别强调的。

文学作品中的鸟以及所有动物不应该仅仅被当作文学修辞手段来研究，而应该作为真实的、独立的生命主体来对待——这正是当下新兴的动物研究批评所倡导的，而盖基爵士在20世纪初，当人们的动物保护意识还未充分觉醒的时代就已经意识到这一点，足见其卓越的前瞻性。而他的发现也让我们意识到，早在四百年前，莎士比亚就已经开始关注这些鸟类家族的命运，并在作品中为它们抱打不平。他使我们注意到，莎士比亚不仅仅把鸟描绘成能歌擅唱的音乐家，为他的故事背景增添生机，而且赋予每一只鸟独立的品格，使它们成为有个性的生命体。这样的发现，无疑大大地拓展了我们对莎士比亚的认识，使我们看到这位伟大剧作家人道关怀中极其重要的另一面，让我们更深刻地理解其人文主义思想中更为博大恢宏的内涵。从这一意义上讲，这部作品，篇幅虽小，分量很重。

三

本书的翻译能够顺利完成，还得益于另一位奇人，那就是薛晓源主编。机缘巧合使我有幸认识了薛主编，并参与了他主持的"博物之旅"系列中《发现最美的鸟》的翻译工作。在一次商谈工作时，薛主编向我展示了他从国外收集的大量博物学珍贵绘画，并向我介绍了他未来的工作计划。当他谈到莎士比亚时，我随口推荐了一本自己从英国带回来的插图版 Shakespeare's Birds（Peter Goodfellow，1983年）。没想到薛主编别具慧眼，立刻对这本书产生了兴趣。虽然后来他对我带给他的那本书并不满意（该书加上插图不足90页，且大部分内容与此书重复），却从那本书看到了另外两本——《莎士比亚的鸟》和《莎士比亚的花园》。能够以一见十，慧眼识珠，这种能力真是令人佩服。薛晓源主编本是艺术美学出身，平日里挥毫泼墨，佳作等身，但他同时深修哲学，又熟谙德、英两种外语，现又致力于博物学经典名作的出版事业，可谓博学广闻，学识过人，由此我称之为第四奇人。

在本书的翻译过程中，薛晓源先生给予了很多鼓励和帮助，在此表示感谢。另外也要感谢我的研究生李程。他利用在国外读博的便利条件帮我查找了很多需要考证的内容，使得本书的翻译能够顺利进行。此外，诗人北塔也对本书的译稿进行了审阅并提出修改意见，在此一并致谢。

书中所引莎士比亚的诗歌和戏剧选段的译文皆出自国内经典译本，主要以人民文学出版社《莎士比亚全集》全译本（2014版）为主，间或参考其他译本，均在书中明确著录。

书中多数注释出自原著，大多为引文出处的标注，译者只在出处之后以括号的形式标出中译本的译者。另有需要说明文化背景以及修订误译、误注之处，译者另外加注。凡译者所加注释均有明确标注"译者注"字样。另外，有些引文因译本未能突出文中所讨论的核心意象，因而在翻译时采取译者自译的方式，以符合上下文内容的需要。

此外，本书原为一篇发言稿，因而未分出章节。书中各章节的划分以及章节标题均为译者所加。特此说明。

怀着对莎士比亚、朱生豪、盖基爵士的无比敬意完成了这本书的翻译，有幸遇到三位奇人，使我在翻译过程中受益匪浅。也希望自己以译者的身份能够实现在三者间穿针引线、沟通协调的作用，把三位大师的光彩充分无遗地呈现在读者面前。更希望此书能激发更多人对鸟的热爱，对文学的热爱，对生活在书里书外的所有生命的热爱。

李素杰

2016年12月18日